KB111637

왕 선생의 치료실

당신을 여자로 만들어 드립니다

타치바나 유키노 글

키사라기 카나데 그림 | 이정화 옮김

아인

당신을 여자로 만들어 드립니다

왕선생의 치료실

왕 선생의 치료실~당신을 여자로 만들어 드립니다~ 상

초판 1쇄 찍은 날 | 2014년 5월 1일
초판 1쇄 펴낸 날 | 2014년 5월 10일

지은이 | 타치바나 유키노
그린이 | 키사라기 카나데
옮긴이 | 이정화
펴낸이 | 예경원

편집책임 | 박우진
편집 | 오아현

펴낸곳 | 예원북스
등록번호 | 제396-2012-000132호
등록일자 | 2012. 7. 25
YRN | 제3-0002호

주소 | 경기도 고양시 일산동구 무궁화로 8-28 삼성메르헨하우스 712호 (우) 410-837
전화 | 031-819-9431 팩스 | 031-817-9432
http://blog.naver.com/ainandfin
E-mail | ainandfin@naver.com

© 2013 Tachibana Yukino / Kisaragi Kanade
iproduction / NTT Solmare
All rights reserved.

ISBN 979-11-5630-916-1 (set)
ISBN 979-11-5630-915-4 02830

※ 파본은 구입하신 서점에서 교환하여 드립니다.
※ 저자와 협의하여 인지를 붙이지 않습니다.
※ 이 책은 예원북스와 iproduction / NTT Solmare 와의 계약에 의해 출판된 것이므로 무단 전재 및 유포, 공유를 금합니다.
※ 이 도서의 국립중앙도서관 출판시도서목록(CIP)은 서지정보유통지원시스템 홈페이지 (http://seoji.nl.go.kr)와 국가자료공동목록시스템(http://www.nl.go.kr/kolisnet)에서 이용하실 수 있습니다.

AIN PREMIUM SERIES

타치바나 유키노 글 — 키사라기 카나데 그림 — 이정화 옮김

上

당신을 여자로 만들어 드립니다

왕선생의 치료실

*이 이야기는 픽션으로, 이야기에 등장하는 인물·단체·사건은
현실과는 무관합니다.

CONTENTS

비

밀

엄

수

불감중 치료
밀실에서의 촉진

1.

여기가 진짜 진료실이야…?

그냥 침실 같은데…….

세련된 중국식 가재도구. 얇은 커튼이 드리워진 침대에 주홍색 시트…….

진료실이라기엔 괴상한 분위기 때문에 문 앞에서 주저하고 있는 내 앞으로, 이번에는 의사라고는 전혀 상상할 수 없는 섹시한 남자가 나타나 미소를 지었다.

"어서 오세요, 저의 치료실에."

선이 얇지만, 그렇다고 전혀 여성스럽지도 않은 미형의 남자. 한번 보기만 해도 모르는 새 눈길을 빼앗기고 말 것 같은 미려한 남자가 부드럽게 미소를 짓는다.

"미카미 시오리(三上史織) 씨?"

난 한순간 말을 잃고 있었음을 그제서야 깨달았다.

"아, 네에⋯⋯."

"자, 여기 앉으세요."

"엣? 선생님 옆에⋯ 요?"

그가 가리키는 곳은 앉아 있는 소파의 바로 옆자리였다.

"네. 이쪽으로."

선생님이 우아한 손짓으로 재촉하자, 나도 모르게 마른 침이 꼴깍 넘어갔다.

아아⋯ 어떡해⋯⋯.

이상한 데 걸려든 것 같아.

속으로 패닉을 일으켜 어쩔 줄 몰라하고 있으니, 선생님이 살짝 고개를 모로 꼬며 한 번 더 물었다.

"왜 그러시죠?"

"아, 아니에요! 아, 앉을게요⋯⋯."

결국 시키는 대로 순순히 따랐다.

소파 끄트머리에 엉덩이를 살짝 걸친 난, '왕'이라고 하는 중국식 성만으로 불리는 의사를 힐끗힐끗 훔쳐봤다.

『비밀엄수』

인터넷을 뒤지다 발견한 사이트에서 붉은 글자로 강조되어 있던 문구였다.

다른 사람에게는 말하기 힘든, 여성의 '성에 대한 고민'을 해결해 주는 치료원.

검색 사이트에도 나오지 않고, 아는 사람만 안다고 하는 이곳에 오기까지 참 많은 고민을 했다.

그래도 도저히 그냥 있을 순 없어서, 이렇게 찾아온 것이다.

당연히 여의사일 거라고 생각했는데…….

"어떤 증상 때문에 고민이시죠? 걱정 말고 말씀해 보십시오."

말도 안 돼. 어떻게 말하라고…….

등줄기를 타고 식은땀이 흘러내렸다.

남자한테는 말 못해.

더구나 이렇게 잘생긴 사람한테는…….

귀까지 빨개져서 우물쭈물하는 날 보자 왕 선생님은 부드럽게 미소를 지었다.

"부끄러운가요?"

"그, 그러네요…….."

고민이 고민이다 보니…….

쉽게 입이 떨어지지 않는다.

친한 친구한테도 제대로 이야기하지 못한 비밀인데, 아무리 치료를 위해 찾아온 곳이라고는 해도 남자에게 말할 수 있을 리가…….

왕(王) 선생님은 망설이는 내게 손에 들고 있던 유리잔을 쥐어줬다.

"마셔봐요. 연꽃 열매로 만든 약주예요. 몸과 마음이 편안해지죠."

약주……?

처음 맡는 향에 처음 보는 색이었다.

쓰지 않을까……? 약차는 대부분 쓰던데.

근데… 연꽃 열매가 대체 뭐지……?

숱한 의문이 들었지만, 옆에서 지켜보는 왕 선생님의 눈빛은 진득하기까지 했다. 그 눈빛에서는 부드러움도 묻어났다.

나는 주뼛주뼛 유리잔을 잡고 조심스레 입을 대봤다. 그리고는 깜짝 놀라 눈을 동그랗게 떴다.

"맛있어!"

"달달해서 잘 넘어가죠? 제가 담근 거예요."

"에! 정말요? 대단하세요!"

어색함도 잊고 솔직하게 감탄해 버리는 나를 보고 미려한 눈매가 가늘게 호를 그린다.

"간단한걸요."

그렇게 말하더니 이번엔 작은 사발 가득 건과일 비슷한 것을 담아왔다.

"이것도 드셔보세요. 룽안(龍眼肉)을 말린 거예요."

"룽안……?"

"리치랑 비슷한 열대과일인데, 그 약주와 마찬가지로 마음이 편안해질 거예요……."

편안하고 부드러운 목소리.

그 목소리를 듣고 있자니, 오히려 약주보다 효과가 좋은 것 같다.

난 설핏 정신을 차리고, 롱안을 한입에 삼키고 꼭꼭 씹어 삼켰다.

달콤하고 알싸한 맛과 향이 입안 가득 퍼지면서, 정말로 이상하게 마음이 진정되기 시작했다.

한숨과 같은 깊은 숨을 쉬고 난 뒤, 난 나도 모르게 편안한 음성을 냈다.

"…섹스를 할 때 쾌감을 느끼고 싶어요."

이런 치료실을 운영하고 있어서인지, 왕 선생님은 놀라거나 전혀 이상하게 생각하지 않았다.

오히려 부드럽지만 인지한 어투로 말했다.

"아직 젊으니까…… . 경험이 부족한 게 아닐까요?"

왕 선생님이 웃으면서 그렇게 물었지만 난 세차게 고개를 가로저었다.

경험이 적지는 않다고 생각한다. 남자도 꽤 많이 사귀어봤고. 하지만…… .

"사, 사실은…… . 너무 아파요. 그러니까… 그, 그게 들어오면…… ."

결국 목소리가 다시 쪼그라들었다.

부끄러워서 쥐구멍에라도 숨고 싶었다.

하지만 터놓고 말을 해야겠지.

이대로 가다가는 난 누구와도 관계를 지속할 수 없게 될 테니까.

문득 케이타(慶太)와의 일이 떠올라 코끝이 시큰해졌다.

처녀도 아닌데 계속 아프다니,

난 아직 여자로서 미성숙한 걸까……?

분위기 좋은 데이트를 하고, 케이타와 잠자리를 가지려 했을 때.

애무를 받고 흥분해 있었지만, 본격적인 행위를 시작하자 언제나처럼 고통에 치를 떨어야 했다.

"아학, 아, 아파……!"

내가 신음하자 케이타는 움직임을 멈췄다.

"괜찮아……?"

걱정스러워하는 목소리.

미안해진 난 아픔을 참으며 억지로 미소를 지었다.

"으, 으응, 괜찮아……. 약간만 천천히 들어와……."

고통을 참아내는 내 기색을 느낀 건지 케이타가 어색하게 웃음을 지어 보였다.

"힘들면 그만두자. 무리 안 해도 돼."

친절한 케이타.

이번에야말로 절대 잃고 싶지 않아. 고개를 흔든다.

"괜찮아. 케이타를 온몸으로 알고 싶어서 그래. 부탁이야… 안아줘……."

온갖 교태를 다 끌어모아 섹시한 목소리로 속삭였다.

순진한 케이타는 얼굴이 벌게지더니 흥분한 듯 자신의 분신을 내 안으로 밀어 넣었다.

"아……! 아악……!"

금세 극심한 통증이 밀려왔다.

"아… 아아아아아학……!"

"하아, 하아……."

거친 숨을 몰아쉬며 눈을 질끈 감고 어떻게든 몰려오는 통증을 참았다.

하반신에서 올라오는 통증은 단순히 아프다는 수준이 아니다.

온몸을, 내 몸의 중심을 꿰뚫리는 듯한 고통이었다.

이렇게 아픈 걸 다들 아무렇지 않게 즐긴다고……?!

「어이, 힘 좀 빼. 안 들어가잖아.」

「좀 참으면 안 돼?」

예전 남자친구들이 내뱉은 한마디 한마디는 고스란히 내게 상처로 남았다.

「곧 익숙해질 거야.」

그렇게 말하는 사람도 있었다.

그래. 곧 익숙해질 거야.

나 또한 스스로에게 그렇게 되뇌었지만…….

하지만 소용없었다.

대체 왜……?

너무 답답하여 친구들에게 상담도 해보았다. 모두 나보다 풍부한 경험을 가진 친구들이었다.

친구들이 모두 말했다.

「처음엔 아팠어.」

하지만 지금은 너무 황홀하다고 한다.

들어오기만 하면 내부를 가득 채우는 느낌과 쾌감에 즐겁다고 한다.

그런데 왜 나만 이렇지……?

"히익… 아… 으읏……!"

"…어, 어때? 시오리."

"아… 응… 기, 기분 좋아……."

입으로는 그렇게 말했지만, 아랫배에 가득한 통증 때문에 얼굴이 일그러졌다.

"히악! 아… 아아… 좋아!"

필사적으로 달뜬 표정과 신음 소리를 연기했다.

하지만 날 죄어오는 케이타의 힘은 오히려 점점 더 줄어들었다.

결국엔,

케이타가 난처한 얼굴로 움직임을 멈추더니, 나의 그곳에서 빠져나갔다.

빠져나갈 때의 감각이 또 다시 아릿한 고통을 남겼다.

"아얏……! 아……."

숨기려 했지만 그러지 못했다.

인상을 찡그리는 나의 뺨을 살며시 감싸며 케이타가 말했다.

"무리할 필요 없다니까."

말은 그렇게 하지만 어쩐지 슬픈 표정을 짓고 있었다.

아아……

"미, 미안해. 기분은 좋았는데……"

"괜찮아. 억지로 안 해도 돼."

필사적으로 변명을 해보려 했지만, 케이타의 처연한 표정은 풀리지 않았다.

"아냐! 정말……"

"괜찮다니까. 하나도 안 젖고, 표정도 너무 힘들어 보였는걸."

직접 몸을 잇고 있는 사람을 속이는 것은 생각보다 더 힘들었다. 케이타처럼 배려심 넘치는 남자라면 더더욱.

"시오리가 싫어하는 건 하고 싶지 않아."

케이타는 부드러운 미소를 지어줬다.

거기에는 사랑이 담겨 있었지만, 난 전혀 마음이 편해지지 않았다.

초조해진 나는 손사래를 쳤다.

"아냐! 싫어하는 게 아니라……"

"응… 내가 좀 서투르기도 하고……"

"아니, 그런 게 아니라……!"

무슨 말을 해도 어차피 변명밖에 되지 않으리라. 내 사정

당신을 여자로 만들어드립니다
왕선생의 치료실

을 정확히 이야기하지 않는 이상.

할 말이 없어진 나는 케이타의 허벅지 사이로 손을 뻗었다.

"…대신 입으로 해줄게."

"으, 으응……."

반 정도 시들어 있는 케이타의 분신을 혀로 살짝 훑어서 딱딱하게 만든 후, 입을 크게 벌리고 끝을 빨기 시작했다.

끝을 핥았다가 뿌리 끝까지 집어삼킨다.

그 상태로 몇 번이나 머리를 왕복하면서 케이타에게 자극을 주었다.

입안 가득 그의 분신이 꿈틀댔다.

"으음……."

내 침 맛이 느껴져 얼굴이 찡그려졌지만, 어쨌든 열심히 혀를 놀렸다.

"아, 기분 좋아. 우와, 시오리, 기분 좋아……."

엉덩이를 꽉 조이고 좋아하는 케이타가 귀여웠다.

제대로 섹스를 나누지 못하는 날 책망하지 않는 사람.

항상 따뜻하게 웃으며 안아주는 사람.

잃고 싶지 않았다.

이런 사람… 다시 없다.

"케이타. 나 좋아해……?"

케이타의 것을 문 채 물어본다.

"응, 당연하지. 아윽……! 싸, 쌀 것 같아……!"

그의 분신이 입안에서 한층 더 부풀어 오르더니 단번에 터졌다.

"으읍… 크으……!"

한순간 입안에 비릿한 안개가 퍼졌다.

목구멍 속까지 퍼지는 뜨뜻미지근한 체액.

우웩! 토하고 싶은 기분을 억지로 참고 꿀꺽 삼켰다.

제대로 맛이 느껴지지 않는 사이에.

그래도 입안에는 계속 불쾌한 맛이 남았다.

우웨에에엑……! 써!

몇 번이나 해도 절대 익숙해지지 않는 맛이다.

하지만 난 그런 내색을 전혀 하지 않는다.

지금은 내가 그에게 사과를 하고 봉사해야 할 때.

오히려 그의 분신에 아직 맺혀 있는 체액까지 맛있는 척 싹싹 핥았다.

"우와… 하하, 간지러워!"

케이타가 좋아하면서 몸을 배배 꼬았다.

난 그의 것이 깨끗해져 내 침으로 번들번들거릴 때까지 열심히 핥았다.

케이타가 말했다.

"그만 됐다니까, 시오리."

"응… 그치만……."

케이타가 좋으면 나도 좋단 말이야.

한껏 애교를 부렸다.

케이타는 부끄러운 듯 눈웃음치며 자신을 올려다보는 내 머리칼을 부드럽게 쓰다듬었다.

"삼키기 힘들었지?"

"무슨. 케이타 건데."

"응. 고마워."

사랑받고 있는 기분이야.

케이타는 그렇게 말했다.

그렇게 말했으면서…….

너무해……!

어째서……?!

2.

바람피는 현장을 잡아낸 다음 날의 동네 카페.

평소 데이트 장소로 애용하는 곳이지만… 오늘은 전혀 분위기가 다르다.

"미안. 내가 혹시 너무 서투른 게 아닐지 걱정돼서……."

케이타는 다른 여자와 한 침대에 있던 것을 그렇게 변명했다.

"시오리가 계속 아파하니까 다른 애도 그런가 싶어서 한 번……. 미안."

"너무해!"

내가 흥분한 듯 탁자를 내려치자, 케이타는 고개를 수그렸다.

도저히 말이 안 되는 변명이다.

"내가 잘 못 한다고 다른 애랑 해본다는 게 말이 돼?! 도저히 용서 못해! 우리 헤어져!"

지극히 감정적인, 욱하는 마음에 튀어나온 말이었다.

하지만 내심 잘됐다고 생각했다.

그렇게 말하면 반성한다고, 미안하다고, 용서해 달라고, 당황해서 매달릴 줄 알았다.

어쩌다 보니 바람을 피우게 됐지만, 사실은 날 사랑하고 있다고 믿고 있었다.

하지만,

"…그래."

……에?

"역시 속궁합이란 게 있나 봐. 우리… 잘 안 맞는지도 몰라."

그, 그런……!

충격적인 이야기에 단숨에 말문이 막혔다.

내가 아무 말도 꺼내지 못하고 있는 사이, 케이타는 바다만 쳐다보며 말을 이어갔다.

"미안……. 걔랑 하고 있으면 엄청 기분이 좋아. 엄청. 그러니까… 잘 맞고… 하다 보니까 점점 더 애정이 싹트고……."

뒷이야기는 차마 전부 듣지 못했다.

"저런."

왕 선생님이 내 어깨에 부드럽게 손을 얹었다.

"정말 괴로웠겠군요."

괴롭다……

네, 맞아요. 괴로웠어요.

난 눈가에 맺힌 눈물을 훔쳤다.

또 다시 배신당한 기분이 들었다.

"남자들은 다 그런가요? 꼭 삽입을 해야만 만족하는 건가요?"

답답한 마음에 그렇게 물었다. 이 선생님이라면 솔직하게 대답해 줄 것 같았다.

왕 선생님은 고개를 저어 보였다.

"꼭 그렇진 않아요. 남자라고 직접적인 배설 욕구만 가지고 있는 건 아니죠."

"하지만 케이타는… 아니, 그 전의 다른 남자들도……."

이런 일이 한두 번이 아니었단 말이에요.

내가 아파하면 남자들은 처음엔 기뻐하다가 점점 짜증을 내곤 했는걸요.

「별로 안 좋아?」

그렇게 묻는 표정에는 분명한 불쾌감이 서려 있었다.

꼭 나만 나쁜 것처럼.

아아. 생각해 보니 내가 나쁜 것일 수도 있겠네요. 어쨌든 남자의 것을 제대로 받아들이질 못하니까……

하지만…….

"전 그냥 키스를 하거나, 포옹을 하는 것만으로도 충분히 행복한데……."

말을 하고 있으려니 눈물이 날 것 같았다.

원피스의 치맛단을 꼬옥 잡는 나를 왕 선생님이 따스한 눈길로 쳐다본다.

"예, 그렇죠. 그것만으로도 충분히 기분이 좋을 수 있어요."

왕 선생님의 큰 손바닥이 위로하는 것처럼 내 머리칼을 쓰다듬었다.

절망에서 만나는 체온은 상담 이상으로 도움이 되는 기분이었다.

"다만… 확실히 정열적인 교접에 버금갈 만한 희열은 별로 없답니다. 관능이 사랑을 키운달까……."

왕 선생님은 그렇게 말하면서, 다시 한 번 내게 약주 잔을 건넸다.

반사적이라고 할 정도로 약주를 받아 마셨다.

…아, 아까랑 다른 맛이네.

"남자는 전력을 다해 여자를 쟁취해서 정복하길 원하고, 여자는 사랑하는 남자에게 몸과 마음을 모두 지배당하길 원하는… 뭐, 일반적으로 그렇다는 얘기예요."

목소리가 깊고 중후하다. 미려한 외모와는 어울리지 않는, 그러나 듣고 있다 보면 이내 익숙해져 다른 목소리가 떠오르지 않는다.

왕 선생님의 가운뎃손가락이 내 뺨을 살짝 스치는 바람에 흠칫 놀랐다.

"앗, 예에… 저기……."

전혀 예상치 못한 남자의 접촉.

당황해서 어쩔 줄 모르는 내게 왕 선생님이 말을 이어갔다.

"그런 욕망이 맞부딪쳐, 짐승처럼 서로를 탐하며 쾌락으로 하나가 되는 게 섹스라는 이름의 사랑의 행위죠."

서로 몰두해서 끈적끈적하게 뒤섞인 채 말할 수 없는 일체감을 느끼는 것…….

"그런……."

왕 선생님의 말에 난 다시금 눈물을 떨궜다.

나도 분명 섹스가 기분 좋은 것이라는 것은 안다. 서로 약간의 스킨십만 있어도 떨리고 마음이 행복해지는.

그러나 내게는 마냥 행복한 행위만은 아니다.

처음엔 기분이 좋지만 결국엔 너무 아파서 그런 걸 생각할 겨를이 없어진다.

나는 평생 그 행복을 모른 채 살아가야 하는 건가?

그리고 평생, 누구와도 사랑을 키울 수 없는 건가?

남자를 질리게만 만들고…….

"…걱정 마세요."

왕 선생님은 내 뺨에 흐른 눈물을 손가락으로 훔쳤다. 그리고는 사나운 사슴을 연상시키는 맑고 예리한 눈동자로, 어딘지 짓궂게 내 얼굴을 응시했다.

"울지 말아요. 이미 진단은 나왔으니까."

에……?

깜짝 놀라는 내게 왕 선생님은 다시 술을 권했다. 진정해요, 라고 말하듯이.

약주잔을 받아 든 난 멍하니 미려한 얼굴을 올려다보았다. 분명 오늘 처음 보는 것인데도, 어느새 그의 곁에서 안도감을 얻고 있다.

인터넷에서 평판이 좋던데, 이래서 그런 건가……?

받은 약주를 다시 한 잔 삼켰다.

왕 선생님은 양손으로 내 손을 부드럽게 감싸더니, 내가 겁먹지 않도록 나직하게 병명을 속삭였다.

"시오리 씨는 자궁하수예요."

"자궁… 하수……?"

이제껏 한 번도 들어본 적이 없는 단어였다.

이해 못한 내 표정을 읽었는지 왕 선생님은 살풋 떠올린 미소를 지우지 않으며 조곤조곤 설명을 해주었다.

"자궁하수란, 자궁이 정상적인 위치에서 벗어나 질을 따라 아래로 내려앉은 병변을 말하는 거예요."

"아… 예에……."

설명을 들어도 잘 모르겠다.

언뜻 이해가 가지 않아 눈만 끔벅이고 있는 나를 보며 왕 선생님이 피식 웃음을 터뜨렸다.

당신을 여자로 만들어드립니다
왕선생의 치료실

"위하수는 알죠?"

"네. 대충은……."

이번엔 익숙한 단어다.

"위가 원래 위치보다 아래로 내려가 있는 거죠? 저도 위하수 아니냐는 말을 가끔 들어요. 먹어도 살이 안 찐다고."

왕 선생님은 끄덕이듯 고개를 조금 아래위로 움직였다.

"같은 이치예요. 보통 자궁의 위치는 골반 거의 중앙인데, 가끔 무슨 이유에서인지 그 위치를 벗어나 아래로 내려앉는 경우가 생기거든요."

"네……."

"그렇게 되면 생식기가 들어올 때마다 극심한 통증을 느끼게 되죠. 필요 이상으로 부딪히고 압박을 받게 되니까요."

"아아… 그런가요?"

설명을 들으니 그제야 조금 이해가 되었다.

내가… 자궁이 처졌다고?

"아마도."

명확한 진료는 한 적이 없음에도 그 목소리에는 확신이 서려 있었다.

나도 은연중 그의 진단이 확실할 거라는 생각이 들 정도로.

왕 선생님은 아무렇지도 않게 내 다리를 쳐다봤다.

"모델 같네요. 아름다워요."

"예? 아… 감사합니다……."

가는 다리가 장점이라고 할 수 있다면 그나마 자신있다고 말할 만한 신체 부위이긴 하다. 그냥 말랐을 뿐이지만.

근데 왜 갑자기 다리 이야기를 하는 거지?

"하지만 식욕이 별로 없죠? 조금만 먹어도 속이 안 좋고. 피부도 거칠어지기 쉬워요. 그리고 겁이 많고."

"에! 그걸 어떻게 아세요?"

깜짝 놀란 나는 몸을 움츠리고 왕 선생님의 얼굴을 쳐다봤다.

너무나 정확해서 혹시 그사이 뒷조사라도 한 건 아닌지 하는 걱정마저 들었다.

"그렇게 겁먹지 말아요."

그러자 왕 선생님은 웃으면서 내 손을 쓰다듬었다. 안심시키려는 것처럼.

"전 한의사[원문 중의(中醫):한국의 한의학과는 조금 다른, 중국 전통의 의학(편집 주)]니까요. 환자의 체질을 아는 게 당연하죠."

"한의사……."

조금은 생소한 단어였다. 아니, 들어본 적이야 있지만 익숙한 단어는 아니었다.

그럴 법하다는 듯 왕 선생님은 이야기를 해주었다.

"중국 의학을 공부한 의사예요. 중국 사천 년의 역사 속에서 대대로 황제를 모신 약선사이자, 또한 성의의 후예이기도 하죠."

"성의(性醫)?"

그, 그게 뭐야?

그냥 들어도 심상찮은 이름이었다. 한의학인 건 알겠는데, 왜 '성' 자가 들어가 있는 거지……?

"아마 잘 모르실 겁니다. 유구한 역사 속에서 철저히 은폐돼 있던 직업이니까…"

그렇게 말하더니 왕 선생님은 코끝을 내 얼굴 가까이로 들이밀었다.

마치 키스라도 할 것처럼!

"자, 잠깐만요……!"

나는 당황해서 턱을 움츠렸다.

뭐, 뭐야? 왜 이래?!

왕 선생님이 손에 힘을 주자 심장이 터질 듯 두근거리고, 얼굴이 화끈 달아올랐다.

"왜, 왜 이러세요……! 이상한 짓 하지 마세요……!"

그렇게 말하면서도 나는 왠지 왕 선생님의 손을 뿌리칠 수 없었다.

강한 손.

빨려 들어갈 것처럼 뜨겁다.

이대로 심장까지 연결될 것처럼 강한 결속감…….

단지 눈을 마주쳤을 뿐인데도 손아귀에서 힘이 빠져나갔다.

"하, 하지 마세요……."

심장박동이 점점 거칠어지더니, 숨을 쉬기 어려울 정도로 쿵쾅거렸다.

난 작은 목소리로 겨우 애원했다.

"…놔주세요……."

짓궂은 눈망울이 그런 나를 꿰뚫어보는 듯 검게 빛났다. 심약하다는 이야기를 듣는 편은 아닌데, 그 눈빛을 보니 다시 아무 말도 할 수 없게 되었다.

왕 선생님은 또다시 미소를 흘렸다.

"…안심하세요. 이건 치료입니다."

"치, 치료……?"

어디가……?

그렇게 묻고 싶었지만 그럴 수는 없었다.

"네. 치료하면 고통을 느끼지 않게 될 거예요."

왕 선생님이 내 팔을 휙 잡아끌더니 머리부터 발끝까지 날 감싸 안았다.

"일단은 촉진을 해보지요."

미려한 얼굴을 보고는 떠올리기 힘들 만큼 그 가슴은 탄탄했다.

두터운 가슴에서 울려 나오는 낮은 목소리.

그의 두 팔에 완전히 갇혀서 움직일 수가 없었다.

왕 선생님은 숨을 삼킨 내 턱을 들어 올려 자신을 향하게 했다.

"자. 절 보세요."

겨우 고개를 들어 왕 선생님을 보자 따스한 눈길이 응답해 온다.

"절 못 믿겠어요?"

"…잘… 모르겠어요."

목소리가 절로 떨려 나온다. 앞으로 무슨 일이 일어날지 알 수가 없다.

나의 작은 대답에 왕 선생님은 살풋 웃음을 지었다.

"그럼 알게 해드리죠."

당신을 낫게 해드리겠습니다.

제 전심전력을 다해서.

뜨겁다…….

왕 선생님의 입술이 닿자 퍼뜩 그런 생각이 들었다.

손가락에서 유리잔이 스르륵 미끄러져 내려갔다.

완전히 떨어지기 직전에 어떻게 알았는지 왕 선생님의 손이 유리잔을 받쳐 들더니 탁자 위에 올렸다.

여전히 그 입술은 뜨겁게 나의 입술을 탐하고 있다.

몽롱한 기분…….

…근데 잠깐만. 지금 대체 뭘 하는 거지……?

3.

하늘을 둥실둥실 떠다니는 것 같은 느낌.

왕 선생님의 침대는 깃털처럼 포근하고 시트는 갓 세탁한 듯한 청결한 향기를 풍겼다.

왕 선생님은 큰 손으로 정성스럽게 내 온몸을 쓰다듬었다.

환자가 아닌 연인처럼, 세심한 손길에 난 내 처지도 잊고 조금씩 조금씩 흥분해 갔다.

다시 한 번 왕 선생님의 뜨거운 입술과 맞닿았다.

그가 부드럽게 키스를 이어갔다…….

"아아……."

너무 기분이 좋아서 주저하던 마음이 싹 달아나 버렸다.

손길 하나하나, 그리고 키스 한 번에 가슴 한구석이 조금씩 파여간다.

빗방울이 큰 바위에 조금씩 구멍을 뚫듯, 결코 서두르지 않는 왕 선생님의 온기가 내 전신으로 퍼져 나갔다.

하지만 머릿속 어딘가에서 난 아직 무서워하고 있었다.

흘러가는 대로 두자는 마음과, 대체 이게 무슨 일인지 모르겠다는 걱정.

이래도 되나……?

왕 선생님의 손가락이 내 입술을 부드럽게 매만졌다.

"아직도 망설여요……?"

연인 같은 속삭임. 얼굴이 뜨거워지고 양볼에 홍조가 떠오른다.

어떡하지. 자꾸 착각하게 돼.

이건 치료.

그저 치료일 뿐인데…….

"시오리 씨는 정말 겁쟁이군요."

왕 선생님의 입술이 관자놀이에 닿았다.

그러더니 아래로, 아래로 내려가 귓불에 뜨거운 숨을 불어

넣었다…….

"아… 아핫……!"

절로 몸을 떠는 나를 내려다보며 왕 선생님의 입술이 호를 그린다.

"선천적으로 신장이 약해서 그래요."

연인처럼 흥분되는 열락을 선사해 주고 있음에도 왕 선생님은 본분의 냉철함을 전혀 잊지 않았다.

"신장……?"

"신장 기능 말이에요. 신장이 약해지면 겁이 많아지거든요. 그리고 성호르몬 분비에 이상이 생기기 쉽고 자궁 근처에 트러블이……."

나직하게 속삭이는 말은 잘 알아들을 수 없는 의료용어. 하지만 그 숨결이 귀에 닿을 때마다 난…….

"아… 아… 아핫……."

깊숙한 곳에서부터 절로 몸이 떨려왔다.

"후후. 자극을 무척 잘 받아들이는 섬세한 피부군요. 훌륭해요."

조금 흥분한 것 같은 왕 선생님의 목소리.

그가 갑자기 허벅지를 어루만지는 바람에 아랫배가 뜨거워졌다.

아아, 어떡하지…….

이대로 넘어가면 안 된다는, 본능적인 위기감이 찾아왔다. 아무리 치료라지만 처음 본 남자의 품에서 이런 모습을 보이다니.

"서, 선생님… 저기……."

하지만 그 목소리는 내가 들어도 전혀 힘이 없었다.

"괜찮아요. 긴장 풀어요……."

왕 선생님은 달콤한 미소를 흘리며, 침대 곁에서 술잔을 꺼냈다.

"조금 더 마시면 괜찮아질 거예요."

왕 선생님은 맛을 확인하는 것처럼 자신이 먼저 한 모금 머금었다.

그리고 시험하는 것처럼 날 바라보다가 입에 술을 머금은 채 다가왔다.

무엇을 할 생각인지 금방 알아챘다.

하지만 그의 섬세한 애무에 노곤해진 내 신체는 전혀 반항하지 않았다.

"아……."

향긋한 약주를 머금은 입이 내 입술을 덮는다.

살짝 닫힌 입술 사이로 알코올이 방울방울 흘러 들어왔다.

입안을 한 바퀴 휘돌며 뜨거운 향을 남긴 약주가 목을 타고 넘어갔다.

뜨겁다…….

"으응… 하아……!"

"자. 다시 한 모금. 익모초(益母草)로 만든 술이에요. 이렇게 하면 시오리 씨도 마시기 쉬울 거예요……."

"익모… 초……?"

"네. 여성의 강정과 정혈에 효과가 있는 미약……."

미약……?

몽롱한 중에도 그것이 무엇을 뜻하는지는 명확하게 알 수 있었다.

깜짝 놀라는 내 볼을 쓰다듬으며 왕 선생님은 다시 입으로 내게 술을 먹였다.

…아아, 목구멍이 뜨거워진다.

아니, 목구멍만이 아니다.

목구멍으로 넘어간 약주의 열기가 배를 지나 다리 끝까지 번졌다.

몸이…, 몸 전체가 안에서 불이 난 듯 화끈거렸다.

뭐랄까.

깊은 곳에서부터 솟아나는 샘물처럼 퍼져가는 은은한 기운.

아무래도 좋은 기분이 돼버렸다…….

"서… 선생님……. 저……."

어떡하지…. 하고 싶어졌어…….

"시오리 씨. 저도……."

왕 선생님이 내 손을 잡더니 자신의 아랫도리로 손을 가져갔다.

"자, 이것 봐요……."

천 너머로 만져지는 딱딱한 감촉.

청량한 눈매와는 대조적인 거친 야성이 그곳에 있었다.

"이렇게 당신을 원하고 있어요……."

손끝에서 느껴지는 열기에 한층 더 몸이 달아왔다.

약간 쉰 목소리에 하아… 하고 한숨이 젖어들었다.

선생님. 저도…….

말을 꺼냈는지 아닌지도 알 수 없다. 머리에 열이 올라 아무것도 생각할 수가 없다.

그저 무언가에 이끌리듯 왕 선생님의 등허리에 팔을 둘렀다.

아랫도리가 절로 축축해졌다.

엄청 흥분하게 된다.

언제나 그랬다.

그의 것이 서는 것을 보면 참을 수 없이 욕정에 사로잡힌다.

하지만…….

고통을 떠올리고 또 다시 망설이는 내게 왕 선생님은 부드럽게 미소 지었다.

"안심해요. 삽입은 안 할 테니."

"삽입을… 안 해요…?"

"네. 아픈 건 안 할 거예요. 걱정 말아요."

웃으며 고개를 젓는 그를 올려다보고 있으니, 왠지 그게 당연하다는 생각이 들었다.

"치료니까……?"

굳이 물어보자, 이번에도 왕 선생님은 부드럽게 미소를 지었다.

"아뇨. 당신은 소중하니까."

왕 선생님이 날 힘주어 보듬어 안았다.

심장이 쿵하고 떨었다. 따스한 음성에 담긴 뜻에 떨려왔다.

밀착된 왕 선생님의 가슴팍에서 향 같은 동양적인 냄새가 났다.

"그럼… 나중에 입으로 해드릴게요."

처음 보는 남자에게 하기에는 부끄러운 말이 저절로 나왔다.

가슴에 파묻혀 중얼거리는 날 보더니 왕 선생님은 웃으면서 어깨를 흔들었다.

"시오리 씨는 참……."

배려심이 너무 깊은…….

그런 말이 나올 줄 알았다.

하지만 그는 고개를 저었다.

"아뇨, 그게 아닙니다."

그러더니 왕 선생님은 아무 말 없이 내 눈을 바라보다가 이마에 입을 맞췄다.

"콤플렉스 덩어리예요. 삽입을 잘 못 견디는 스스로를 부끄러워하고, 남자에게 쾌락을 줘야 한다는 강박에 시달리고 있어요……."

"그, 그렇지만……. 당연하잖아요. 안 그러면……."

날카로운 말이 찌르고 들어온다.

"버림받을 것 같아서?"

가슴이 뜨끔해서 눈을 내리깔았다.

"실제로도 모두 떠났잖아요."

목소리가 저절로 기어 들어간다.

그랬다.

삽입을 하지 못하는 대신 무언가를 해주지 않으면, 남자들은 모두 실망하고 떠난다. 최소한의 안전장치라도 하고 싶었다.

"그건 당신이 남자 보는 눈이 없는 거죠."

왕 선생님이 갑자기 단호하게 꾸짖는 바람에 깜짝 놀랐다.

그는 눈썹을 찌푸리더니, 아이처럼 입술을 삐죽거렸다.

신선한 충격이었다.

아… 이런 표정도 짓는구나.

계속 부드럽고, 어딘지 모르게 근사한, 자신만만한 태도만을 보여오던 그에게 이런 어린애 같은 표정이 있다니.

왠지 의외야.

귀엽다…….

"정말이지, 그 남자들을 생각하면 화가 나요. 이렇게 멋진 여성한테 함부로 대하다니……."

왕 선생님은 날 강하게 껴안더니 위로하는 것처럼 몇 번이고 등을 쓰다듬어 주었다.

그리고 머리칼과 목덜미도.

"시오리 씨도 그래요. 안 되면 뭐가 어때서요? 살면서 가끔은 대담하게 굴 때도 필요한 법이에요."

"대담하게요……?"

"그렇죠. 비굴하면 안 돼요. 예를 들어……."

왕 선생님의 말투가 다시 진지해졌다.

"발기 장애를 가진 남자가 있다 쳤을 때, 잘 안 선다고 바로 헤어지는 여자도 별로지만, 자기한테 문제가 있다고 여자 눈치만 살피는 남자도 매력 없잖아요?"

그래…….

맞아.

왕 선생님의 말이 맞다.

갑자기 코끝이 시큰해졌다.

나… 언제부터인가 남자 눈치만 보는 여자가 됐구나…….

자각하자 이내 눈물이 흘러나왔다.

코를 훌쩍이는 날 보자 왕 선생님이 허둥거렸다.

미려한 얼굴에 맞지 않게 표정이 참 잘 변하는 남자다.

"미, 미안해요. 말이 심했어요. 갑자기 너무 화가 나서."

"아니에요……."

난 왕 선생님의 가슴에 얼굴을 묻었다. 화를 내줘서 기뻤다.

"아… 죄송해요."

당황해서 어쩔 줄 모르는 왕 선생. 다른 사람의 기분 같은 건 별로 신경 안 쓰는 사람인 줄 알았는데, 첫인상과는 전혀 다른 모양이었다.

"…꽤 평범하네요."

"네? 아니… 그게… 실패했어요…….."

쓴웃음을 짓던 그는 천천히 내 양 어깨를 시트로 뉘였다.

난 그가 시키는 대로 가만히 따르며 의문을 얼굴에 띄웠다.

"…이게 다 시오리 씨 때문이에요."

수줍은 듯 투덜거리는 모습에 긴장이 싹 녹아내렸다.

난 왕 선생님의 뺨에 손을 얹었다.

"나 때문에?"

이것 봐. 아무렇지 않게 이런 말을.

왕 선생님이 사랑스러운 눈으로 날 바라봤다.

그래.

마치 내가 사랑스러워서 어쩔 줄 모르겠다는 듯이.

"…시오리 씨 당신은 정말 매력적이에요."

냉정하게 있을 수가 없어…….

그렇게 속삭이더니 왕 선생님은 내 목덜미에 얼굴을 묻었다.

"앗……! 으응… 아아……."

그의 손길에 콧소리가 섞인 신음이 나직이 흘러나온다.

"눈을 감아요. 몸이 달아오르는 것을 천천히 느껴봐요."

왕 선생님은 쇄골을 따라 쉬지 않고 입을 맞췄다.

그리고 손가락은 간질이는 것처럼 부드럽게 허리를 지나 허벅지로…….

조금씩 천천히 진행되는 그 움직임.

"남녀의 차이는 불과 물에 비유할 수 있어요. 불은 금방 타오르고 금방 꺼지죠. 하지만 물은 덥히는 데 시간이 걸려요……."

왕 선생님은 내 속옷의 어깨끈을 내리고 그곳에 입을 맞췄다.

그리고는 작은 탄식을 터뜨리며 내 가슴을 감싸듯이 어루만졌다.

순간순간을 음미하고 싶을 정도로 달콤했다.

"아아… 선생님……."

나도 모르게 왕 선생님의 머리칼을 흐트러뜨렸다.

온몸에 촉촉한 막을 치고 있는 것 같은 기분이 들었다.

오싹오싹한 전율과 더불어 깊은 안도가 온몸을 감쌌다.

기분 좋아…….

쭉 이대로 있을 수 있다면…….

왕 선생님이 몸을 일으키더니 살포시 입술을 포갰다.

윗입술, 아랫입술을 정성스레 핥다가, 이따금 강하게 빨아들였다.

그러더니 혀끝이 입술 틈을 헤집고 찬찬히 들어왔다…….

참을 수가 없어서 그의 어깨에 매달려 내가 먼저 혀를 휘감았다.

"흐응……."

왕 선생님이 나직한 목소리로 지시했다.

"혀를 내밀어요……. 그래요, 그렇게. 좀더."

4.

남녀의 차이는 불과 물에 비유할 수 있어요.

불은 금방 타오르고 금방 꺼지지만 물은 덥히는 데 시간이 걸

리죠.

하지만 물은 한번 뜨거워지면 몸 안에서 세찬 거품을 일으킨 뒤, 식는 것도 그만큼 천천히 식어가지요…….

얼마나 이러고 있었을까…….

깃털로 피부를 간질이는 것처럼 왕 선생님은 그저 조심스레 만지고 키스하고 있을 뿐이었다.

그 움직임 하나하나가 너무나 섬세하여, 마치 교향곡을 연주하는 연주자의 손길처럼 세심해서, 어느 순간 나는 시트 위에서 몸부림치며 허리를 들썩이고 있었다.

"앗… 아… 아… 아학!"

축축한 혀가 가슴을 이리저리 헤집자 유두가 꼿꼿하게 솟아났다.

아앗, 이제 빨아줘……!

몸이 바작바작 타는 듯 달아올랐다.

그의 혀가 내 가슴의 정점에 도달해 주기를 바랐다. 지금은 오직 그것만이 머릿속에 박혀 있었다.

하지만 왕 선생님은 짓궂게 웃기만 했다.

"아앙… 부탁이에요……."

연기가 아니라 진심으로 원했다. 그의 목덜미를 감싸 안고, 관자놀이로 입술을 가져갔다.

아아…….

수치심에 점점 숨이 거칠어지는 나에게 왕 선생님이 유두를 간질이며 확인사살을 했다.

"어떻게 해줬으면 좋겠어요?"

아앙……!

등줄기를 타고 소름이 쫙 돋았다.

입술은 전혀 닿지 않았지만, 그 주변에 숨결이 닿는 것만으로도 허리가 뒤틀릴 만큼 민감해져 있었다.

"빠, 빨아주세요……."

겨우겨우 말한다.

"어디를?"

차마 말을 할 수 없었던 나는 왕 선생님의 입술에 스스로 유두를 갖다 댔다.

"…여기. 여기를……."

왕 선생님은 승리감에 찬 눈으로 날 쳐다봤다.

그런 눈빛에 오히려 더 흥분이 되었다.

왕 선생님은 봉긋이 솟은 정점을 지그시 바라보더니, 크게 입을 벌렸다.

붉은 혀, 하얀 이빨 사이로 젖꼭지가 빨려 들어간다.

그가 세차게 그곳을 빨아들였다.

"아하악……!"

나도 몰래 비명이 터져 나왔다. 단단한 혀끝이 그곳을 날름거리며 희롱했다.

"아아아… 아아……."

아아… 엄청난 쾌감……!

왕 선생님의 머리칼을 부여잡고 나는 목덜미를 젖혔다.

아직 가슴인데… 아윽……!

가슴인데… 왜 벌써 이렇게…….

"아악! 아아아아웅……!"

입안 가득 삼켜진 가슴이 희롱당하는 와중에 다리 쪽에서 또 다른 감각이 몰려왔다.

왕 선생님의 손바닥이 무릎을 타고 올라오더니 허벅지를 천천히 부드럽게 쓰다듬었다.

사타구니를 간질이다가 멀어지는 손가락. 가끔 짓궂게 검은 수풀 속으로 파고들어 약을 올렸다.

"아아……! 서, 선생님……!"

아아…….

분명… 벌써 축축하게 젖었을 것이다.

다리를 비비지 않아도 알 수 있다. 내 그곳이 어떻게 돼 있는지…….

이렇게까지 흥분한 적은 처음이다.

허리를 꿈틀거릴 때마다 그곳이 질척이며 무언가가 몸 속에서 흘러나왔다.

"아앙… 앗… 아… 아아……."

멋대로 다리가 벌어졌다.

가슴에 집중하고 있던 왕 선생님은 그 순간을 놓치지 않고, 허벅지를 쓰다듬던 손가락을 살며시 은밀한 계곡 사이로 밀어 넣었다.

"아앗…!"

극도의 쾌감에 손끝발끝까지 저릿저릿했다.

내 반응을 즐기듯 꾸준히 계곡의 양쪽을 자극하던 왕 선생님의 검지가 계곡 사이의 작은 돌기를 희롱하기 시작했다……

"아픈 건 안 할 거예요."

그렇게 말한 왕 선생님의 손가락은 확실히 부드러워서, 애무라기보다 꼭 그것의 생김새를 확인하려는 것처럼 위아래로 어루만질 뿐이었다. 매우… 점잖게.

"으으으응… 아하앙……!"

그런데도 난…….

유두와 아랫도리가 하나로 연결된 것처럼 전율이 퍼져, 나는 비명을 지르며 허리를 젖혔다.

에……? 스스로도 놀라웠다. 나, 이렇게 쉽게 느끼는 체질이 아니었을 텐데…….

왕 선생도 의외라는 듯 쳐다봤다.

"벌써 느낀 거예요?"

"아… 그게…, 잘……."

잘 모르겠어요…….

뭔가… 혼이 쏙 빠져나간 것 같은 기분이 들었다.

아직도 팔다리가 저릿저릿했다.

"이게… 오르가즘인가요……?"

왕 선생님의 눈이 커졌다.

"정말이지, 당신이란 사람은……."

왕 선생님은 다시 한 번 날 꼭 끌어안았다.

왕 선생님의 피부는 매끌매끌하고 탄탄했다. 우습게도… 꼭 오징어처럼.

문득 그런 생각을 하는 내 뺨에, 이마에, 눈동자에, 귓불에, 왕 선생님은 몇 번이고 부드럽게 키스했다.

"지금까지 한 번도 즐긴 적이 없었군요……."

왕 선생님의 음성에는 약간의 안타까움이 스며 있었다. 살갗이 닿아 있어서인지 몰라도 그런 감정이 잘 와 닿았다.

그럴지도 몰라요.

나는 깊은 한숨을 내쉬었다.

아픈 게 무서워서, 그 사람이 싫증낼까 무서워서, 어설픈 연기만 하고 있었어요. 게다가…….

난 왕 선생님을 올려다봤다.

그 누구도,

이런 식으로 대해주지 않았어요…….

"자. 아직 안 끝났어요……."

왕 선생님이 빙긋 웃으며 날 엎드리게 했다.

그리고는…….

"좀 더 사랑해 줘요. 그렇게 말해봐요."

뭐라고요?

난 망설이며 얼굴을 붉혔다.

사랑이라니, 그런 쑥스러운 말을…….

하지만 그 말은 곧 기분 좋게 마음속에 퍼졌다.

사랑해 줘요.

그래, 마치 촉촉한 비가 마른 땅을 적시는 것처럼…….

나는 가만히 눈을 감고 가슴속에 퍼지는 달콤함을 음미했다.

"…응. 사랑해 줘요."

왕 선생님은 내 등줄기를 따라 입을 맞추더니, 엉덩이를 부드럽게 애무했다.

"아아……."

어디서도 느껴본 적이 없는 진중하고, 그리고 정성스러운 애무였다.

느껴져…….

짜릿짜릿해…….

하지만… 그뿐만이 아니야.

따뜻한 무언가가 몸속에 차올랐다. 마음속까지 차올랐다…….

"아마 제가 당신을 마음속 깊이 사랑스럽다고 느끼고 있으니까 그럴 거예요."

"치료… 인데도……?"

"네, 시오리 씨. 전 지금 당신을 정말로 낫게 하고 싶어요."

왕 선생님은 등줄기 깊은 곳에 키스를 하고는 말했다.

"줄곧 무리를 해온 당신이 너무나 사랑스러우니까."

키스가 등을 지나 허리 아래로 점차 내려간다.

엉덩이 골이 시작되는 부분에 깊은 키스를 남기고 허리를 든다.

왕 선생님은 내 엉덩이를 쥐더니, 조심스레 골을 벌렸다.

아……!

몸이 살짝 굳었다.

그렇게 하면 보일 텐데.

앞도 뒤도 전부…….

왕 선생님이 부드럽게 말했다.

"힘 빼도 돼요……. 충분히 예뻐요."

왕 선생님의 얼굴이 다가오는 것 같더니, 이내 생생한 따뜻함이 깊숙한 곳으로 불쑥 방문했다. 촉촉함이 느껴졌다.

"아… 아하앙……."

이상한 느낌…….

너무 부끄러워서 베개를 껴안았다.

축축하고 단단한 혀끝은 깊은 계곡 입구를 간질이다가, 다시 돌아가기를 반복한다.

"으… 으응… 하아… 아아……."

신음이 흘러나온다. 허리가 꿈틀꿈틀 뒤틀린다.

왕 선생님의 애무는 계속됐다. 갈라진 계곡 사이의 주름을 적시려고 하지만, 뻣뻣한 나의 자세 때문인지 쉽지 않은 것 같았다.

"후… 아… 아아아앙… 아윽!"

왕 선생님이 갑자기 항문을 쿡 찌르는 바람에 깜짝 놀라 엉덩이를 추켜올렸다.

"아… 안 돼요……!"

필사적으로 외치고 말았다.

"안 돼요?"

당연히 안 되죠……!

초조해하는 나와 달리, 왕 선생님은 '그래요' 하고 선뜻 물러났다.

"그럼 좀 더 허리를 높이 들어서… 그래요, 잘 보여줘요……."

아아아… 이런 모습을…….

"부끄러워할 거 없어요. 이건 치료니까, 시오리 씨……."

분명히 거짓말이다.

그렇게 생각하면서도 나는 시키는 대로 엉덩이를 추켜세웠다.

"하아……."

뜨거운 신음이 새어나왔다.

아아… 어떻게 보일까, 나의 그곳…….

긴장과 흥분이 뒤범벅되어 머릿속이 하얗게 변해갔다.

왕 선생님이 꿀꺽 숨을 삼켰다.

"아름다워요. 빨갛게 타오르는 것이… 꼭 석류알 같아요……."

그, 그거 칭찬이죠?

부끄러워…….

나는 다시 베개에 이마를 파묻었다.

오늘 처음 만난 남자 앞에서 이런 모습을 보이는 내 자신이 이상하면서도, 행복한 기분이 들어서 가슴속 깊은 곳에서 뜨거운 한숨을 내뱉었다.

…지금 나 엄청 음탕해 보일 거야.

왕 선생님의 촉촉한 혀가 은밀한 계곡의 입구를 핥았다.

"아… 아앙……!"

원을 그리는 것 같은 혀의 동작에 맞춰 저릿저릿한 감각이 등줄기를 타고 올라오는 바람에 몸이 절로 뒤틀렸다.

"아… 핫… 하아아……!"

"…아프지 않아요?"

"네……."

왕 선생님의 혀끝이 살며시 안쪽으로 파고들었다.

아! 드, 들어왔다…….

혀끝이 비밀스러운 동굴을 스치는 느낌에 온 신경이 집중됐다.

내가 아파할까 봐 왕 선생님은 혀끝만 살짝 갖다 댔다.

혀끝을 마치 젤리처럼 자유롭게 움직여 동굴 입구 근처를 세심하게 핥고 자극했다.

아아, 그것만으로도 엄청 흥분된다…….

동굴의 저 깊은 곳, 자궁 속까지 울리는 기분마저 들었다.

"아아아… 앗… 아앗… 아……."

갖고 싶어…….

그렇게 생각했다. 너무도 자연스럽게.

한 번도 좋았던 적이 없지만, 왕 선생님이라면…….

그렇게 생각했다.

하지만 해보면 분명히 또 엄청 아프겠지…….

몽롱한 의식의 와중에도 그러한 걱정이 들었다.

그렇게 생각하자 용기가 나질 않았다…….

망설이는 날 유혹하는 것처럼 왕 선생님의 혀끝은 얕고 리드미컬하게 그곳을 콕콕 찔렀다.

점점 커지는 여자로서의 욕망에 몸부림치는 순간, 왕 선생님이 몸을 일으켰다.

"조금 참을 수 있겠어요?"

엣, 너… 넣으려고……?

왕 선생님은 동요하는 내 허리를 안심시키려는 듯 쓰다듬었다.

"안 넣을 거예요. 하지만 촉진을 조금……."

촉진? 손가락……? 아……!

망설일 틈도 없이 그의 가운뎃손가락이 은밀한 동굴의 입구를 건드렸다.

"…천천히, 숨을 내쉬세요."

뭔가 병원 같잖아.

아참, 치료받으러 여기 온 거였지.

그런데도 난…….

시키는 대로 천천히 숨을 들이마셨다가 내쉬었다.

"앗……!"

왕 선생님의 손가락에 힘이 들어가더니, 입구를 쿡쿡 찔렀다.

그리고… 안으로.

쑤욱… 들어왔다.

신중하게, 입구의 곡선을 따라 손가락이 들어오자 나도 모르게 신음이 새어나왔다.

"앗……! 아… 아아아… 아앗……!"

5.

좋아하니까 몸을 탐하게 되는 거고,
육체에 희열이 생기는 거예요.

그 욕망이 뒤섞이는 순간,
가슴에 절묘한 희열이 피어나죠.

그리고 사랑은 믿음의 뿌리를 뻗고,
크게 성장할 수 있답니다…….

「일단은 식습관을 바꾸세요.」

그렇게 말하면서 왕 선생님이 건넨 레시피는 의외로 간단했다.
"으음… 참마는 껍질을 벗기고 일 센티미터 두께로 자른다……."
오늘은 참마 버터구이, 참마를 갈아 얹은 보리밥, 그리고 닭가슴살 스프다.
"됐다!"

그리고… 식사 시간에는 텔레비전을 끄고 먹는 것에 집중할 것…….

"음! 맛있어."

혼자서 먹는데 귀찮게 하나하나 챙길 수 있을까 싶었지만, 일단은 왕 선생님 말대로 따라보기로 했다.

꿈같은 시간이었다.

치료라기보다는 마치…….

문득 그때가 생각나면, 젓가락질을 멈추고 멍청하게 허공을 바라보게 된다.

하지만 평소처럼 혼자 보내는 이런 시간이,

나 혼자만의 시간이 이상하게 더 이상 외롭지 않았다.

스스로의 기를 키운다.

지금은 그런 시간인 것이다.

"시오리 씨의 경우 비장의 기허(氣虛), 그리고 심약한 신장 때문에 자궁하수가 온 것 같습니다."

그날, 내부 촉진을 마친 왕 선생님은 그렇게 말했다.

그가 건네주는 가운을 걸치며 생각해 봤지만, 무슨 말인지 이해를 하진 못했다.

"기허… 요……?"

"네. 기가 모자라다는 말이에요."

왕 선생님은 빙긋이 웃으며 설명해 주었다.

"한의학[中醫學]에서 기허는 전반적인 육체의 힘이 부족해서 생기는 것으로 간주하고 있습니다."

그렇게 말하면서 왕 선생님은 의미심장한 눈빛을 보냈다.

"한 번 좋았다고 그렇게 까무러쳐 버리면 쓰겠어요? 애도 아니고."

놀림을 받자 얼굴이 화끈거렸다.

"그럼 어떡해요……."

"확실히, 오늘 시오리 씨의 몸 상태로는 격한 성행위를 견딜 수가 없을 거예요."

격하다니… 얼마나?

또 고개를 푹 수그렸다.

알고 싶기도 하고, 알고 싶지 않기도 한 기분.

"초조하게 생각할 것 없어요. 어쨌거나 시간이 필요하니까."

그렇게 말하더니 왕 선생님은 날 침대 곁의 원탁으로 이끌었다.

"자, 배고프죠? 같이 맛있는 밥을 먹읍시다. 식사는 섹스와 마찬가지로 무척 소중한 행위예요."

왕 선생님의 말이 떨어지자 무슨 신호라도 받은 것처럼 치료실 문이 열렸다.

그리고 낯선 소년 두 명이 들어왔다.

"꺄앗!"

아직 가운을 제대로 여미지 못했기에 급히 몸을 돌렸다.

"놀라지 마세요. 제 제자예요. 왼쪽의 미소년이 렌(蓮), 오른쪽 건방져 보이는 아이가 론(龍)이에요."

"뭐예요, 선생님!"

론이 억울하다는 듯 따졌다.

"전혀 안 건방져요."

렌이 낭랑한 목소리로 거들며 웃었다.

뭐랄까, 귀엽다.

하지만……

나도 모르게 가운의 끈을 조였다.

이 아이들은 나랑 왕 선생님이 뭘 하고 있었는지 다 아는 거잖아……?

"부끄러워요?"

왕 선생님이 물었다.

"예에… 조금…….."

그는 미소를 띠며 내 손을 잡고, 손가락에 키스했다.

"여봐란 듯이 과시하면 되죠."

"에엣……?!"

전혀 생각지도 못한 말이었다.

"봐요, 저 애들도 시오리 씨를 의식하고 있잖아요? 시오리 씨가 여자로서 매력이 넘쳐나니까…."

여자로서의 매력……?!

나한테 그런 게 있을 리가 있나!

속으로 비명을 질렀지만, 어쩐지 알 것도 같았다.

왠지 그들의 시선이…….

"아……."

목덜미, 가슴, 발끝…….

피부에 와 닿는 렌과 론의 안타까운 시선…….

"당신을 원하고 있어요. 손끝도 댈 수 없게 할 테지만……."

질투 섞인 왕 선생님의 속삭임에 등줄기를 타고 전율이 돋았다.

왕 선생님의 손가락이 내 손가락 사이로 얽혀 들어왔다.

잡은 손에 강하게 한 번 힘을 주더니, 아무렇지 않게 다시 제자리로 돌아갔다.

"자, 밥 먹으러 가요."

"아, 예에……."

뭐랄까, 기분이 묘했다.

내가 마치 대단한 미녀라도 된 기분이 들었다가, 급히 고개를 흔들었다.

아니야! 이건 치료야!

하지만 왕 선생도 그렇고, 렌이나 론도 저런 얼굴로 날 보니까 괜히…….

혹시나… 정말 그런 걸까…… 하는 마음도 조금 들었다.

마음이 바작바작 졸아들었지만, 눈을 내리깔고 모르는 척 등을 곧추세웠다.

"표정이 좋군요. 의연하고."

왕 선생님이 눈을 가늘게 뜨며 만족감을 표시했다.

"시오리 씨는 더 아름다워질 수 있어요."

렌이 큰 갈색 냄비를 가져와 뚜껑을 열었다.

증기가 확 퍼지면서 식욕을 돋우는 냄새가 올라왔다.

하지만 냄비를 보고는 깜짝 놀랐다.

뭐야! 이 검은 고기는……!

털을 모두 뽑은, 검은 피부의 닭처럼 생긴 것이 들어 있었다.

"오골계랑 황기(黃耆)를 넣은 탕이에요."

왕 선생님의 설명이 시작됐다.

"놀랐죠? 오골계는 뼈가 검은 새라는 뜻인데, 피부, 고기, 내장, 뼈까지 모두 검은색이에요. 겉모습이 특이해서 중국에서는 신성한 동물로 취급됐고, 불로불사의 식재료로 불린 역사가 있습니다."

정성스런 설명이었지만 머리에 남는 것은 한 가지밖에 없었다.

"불로불사의 식재료……."

"그 오골계에 자궁하수에 효험이 있는 황기를 곁들였고, 중국 운남지역에서 주로 사용하는 냄비를 사용해 오랜 시간 고았어요. 그러면 영양과 맛을 확실히 끌어낼 수 있죠."

"황기가 뭐예요?"

"한약재예요. 기를 끌어올리는 작용을 합니다. 기를 보충하는 인삼이나 혈액의 생성을 돕는 당귀도 넣었어요. 기가 허한 사람은 피도 부족한 경우가 많기 때문에요."

헤에…….

뭔가 몸에 좋은 것이 이것저것 들어간 것 같지만, 솔직히 잘 모르겠다.

하지만 입안에선 침이 고인다.

영양분이나 몸에 좋다거나 그런 건 잘 모르겠지만 먹음직스럽다는 것은 확실하다.

맛있는 냄새에 홀리듯이.

나로서는 희한한 경험이었다.

항상 위가 더부룩해서 먹는 것을 귀찮아했었는데…….

얼른 먹고 싶다.

침을 꼴깍이는 내 모습을 보자 왕 선생님이 다시금 미소를 지었다.

"맛있어 보이죠?"

"네. 맛있어 보여요……."

"좋은 증상이에요. 몸이 자연스럽게 기를 보충하려고 하는 거죠."

왕 선생님은 기쁘다는 듯 미소를 짓고는 렌을 돌아보았다.

"렌, 준비해."

왕 선생님이 지시를 내리자 렌이 사발에 국물만 떴다.

고기 색깔은 검은데 국물은 신기하게도 호박색이었다.

"오늘은 건더기 없이 국물만 먹도록 하세요. 시오리 씨는 위장이 약하니까."

"에엣, 먹을 수 있어요!"

저렇게 먹음직스러운 고기가 있는데 국물만 먹으라니, 너무해!

"먹을 수는 있지만."

왕 선생님이 달래는 것처럼 내 손가락을 쓰다듬었다.

"시오리 씨는 조금씩 늘려가는 게 좋아요. 사랑도, 식사도… 기력이 충분해질 때를 기다려서……."

"기력……?"

"네. 사람의 체질은 모두 제각각이에요. 놀랄 정도로 정력적이라 에너지를 표출하지 않으면 몸이 안 좋아지는 사람이 있는가 하면, 그랬다간 금방 쓰러지는 사람도 있지요."

그 눈빛은 그게 바로 나라고 말하고 있는 듯했다.

"시오리 씨는 천천히, 식물을 키우는 것처럼 매일매일 조금씩, 스스로에게 맛있는 물과 영양을 주고, 사랑도 섹스도 서두르지 말고 해야 해요."

그렇게 말하는 왕 선생님의 느긋한 말투가 너무 편안해서 나는 숨을 크게 내쉬었다.

그럴지도 모른다.

언제나 주변에 맞추는 데에 급급했지만 난 스스로를 조금 더 똑바로 보살펴야 할지도 모른다. 몸도, 마음도…….

렌이 국물에 오렌지색의 무언가를 흩뿌렸다.

"자, 드세요."

"이게… 뭐예요?"

아까부터 한 번도 보지 못한 신기한 것들뿐이라 절로 흥미가 일었다.

렌은 부드럽게 웃는 얼굴로 설명을 해주었다.

"진피(陳皮)예요. 귤껍질을 말린 건데 기의 순환을 돕는 작용을 하죠."

당연한 듯이 이야기하지만 쉽게 이해할 수 있는 이야기는 아니었다.

"기를 보충할 때는, 동시에 기를 순환시켜야 효과적이

에요."

왕 선생님이 보충해서 설명하며 국물을 마시라고 권했다.

사기 숟가락으로 한입 떠서 먹어봤다.

입안 가득히 찡하게 퍼지는 뜨거운 맛.

아아, 맛있어…….

세포 구석구석까지 맛과 영양이 스며드는 듯했다.

"이런 식으로 찌개나 전골에 한약재를 약간 넣으면 효과가 좋아요. 그것도 조금 처방해 드릴 테니까….."

왕 선생님이 론에게 뭔가 지시를 내렸다.

론이 고개를 끄덕이며 약재함으로 보이는 붉은 서랍장을 몇 개 열더니 종이를 가지고 왔다.

"여기요."

"이게 뭐예요……?"

론이 내미는 것을 무심결에 받긴 했지만, 그 안에 적힌 것은 무슨 말인지 모를 글자들이었다.

아니, 한자와 일어긴 한데 무슨 뜻인지 모르겠다.

왕 선생님이 짐짓 웃음을 참는 얼굴로 말했다.

"시오리 씨한테 추천하는 레시피예요. 요리를 잘 안 하실 것 같아서 간단한 걸로 골라봤어요."

"네?! 절 어떻게 보고……!"

…뭐. 딱 맞추긴 했지만.

내 표정을 읽었는지 왕 선생님이 결국 웃음을 터뜨렸다.

그러나 곧 웃음을 다시 참으며 그가 론이 고른 레시피를 눈으로 훑어봤다.

"응, 좋아. 비장을 보충하고 기혈의 생성을 돕기 위해서는 참마나 닭고기를 쓰는 게 좋지."

"헤헤. 간단하죠."

론이 의기양양하게 웃었다.

"금방 들뜨기는……."

렌은 론을 한심하다는 듯 쳐다봤다. 론이 눈을 가늘게 뜨며 뭐 어떠냐는 듯 응수했다.

두 사람의 모습에 다시 긴장감이 사라지며 피식 웃음이 나왔다.

그런 두 사람에게 쓴웃음을 지으며, 왕 선생님은 날 다시 바라봤다.

"이 레시피 말고도, 매일 식탁에 참마나 닭고기를 올려보세요."

침이 꿀꺽 넘어갔다.

"…꼭 만들어 먹어야 하나요?"

매일은 자신 없는데…….

"외식도 상관은 없지만 식당을 잘 가려야 해요."

불량스러운 음식을 피하고, 애정과 자부심을 가지고 만든 음식을 드세요.

왕 선생님은 그렇게 말했다.

"요리에는 만드는 사람의 기가 들어갑니다. 될 수 있는 한 좋은 기를 받아야지요."

"아아……."

왠지 한의학이라는 것이 새삼 다가왔다.

그동안 다녔던 병원들과는 전혀 다른 처방을 내려준다.

"자기가 먹을 식사를 만들 때는 자신을 아끼는 마음을 가지도록 하세요."

그래. 그렇게 생각하면 되는 거구나.

"열심히 해볼게요."

"네. 잘해봐요. 그럼 한 달 후에 다시 뵙겠습니다."

부드러운 왕 선생님의 눈에 어렴풋이 엉큼한 빛이 스친 것 같은 기분이 들었다.

그건 단지 착각만은 아니었다.

그는 전혀 거리낌없이, 숨길 생각도 없다는 듯 말했다.

"다시 보여주세요. 한 달 후에… 더욱 아름다워진 당신의 모습을."

6.

다시 보여주세요.

한 달 후,

더욱 아름다워진 당신의 모습을…….

"정말 열심히 하셨군요, 시오리 씨. 안색이 훨씬 좋아졌어요!"

왕 선생님이 밝은 목소리로 외치며, 양손을 크게 벌려 날 맞았다.

한 달 만에 다시 찾은 치료실.

전과 전혀 달라지지 않은 그곳에서, 어떤 말을 들을까 난 괜히 잔뜩 긴장한 채 그를 기다리고 있었다.

나아졌다니까 다행이다.

그 미소에 마음이 놓인 난 왕 선생님의 어깨에 이마를 기댔다.

"요즘 컨디션이 좋아졌어요. 마음도 많이 진정됐고……."

실연의 기억을 떠올리면 아직 가슴이 아플 때도 있지만, 예전에 비교하면 훨씬 좋아진 것은 분명하다.

왕 선생님이 내 표정을 읽었는지 달래듯이 머리를 쓰다듬어 주었다.

"이제 금방이에요."

왕 선생님의 말은 늘 수수께끼 같다.

선뜻 이해하지 못하고 그를 올려다보았다.

"금방이라니… 뭐가요?"

"당신의 세포가 바뀔 날이."

세포가 바뀐다고?

왕 선생님은 '그럼 어떻게 될까요?' 라고 되물으며, 내 머리칼을 살포시 귀 뒤로 넘겨줬다.

앗…….

순간 어깨를 움츠렸다.

역시… 하려나…….

나는 얼굴을 살짝 붉혔다.

여기 오면서 줄곧 생각했다. 저번에도 그랬으니… 그럴 수

밖에 없었다.

오늘의 '치료'에 대해……

왕 선생님의 입술이 이마에 닿고, 뺨을 스치고, 입술로 향했다.

눈을 감고 그 입술을 받아들이며 나는 생각했다.

이러고 있으면 꼭 연인 같아.

왕 선생님의 손길과 입술은 너무나 따스하고 또 정성스러워서, 단순히 치료의 일환이라고 하기에는 너무나 애정이 담겨 있었다.

착각하는 사람이 있지 않을까……?

마음속으로 그런 걱정을 하면서도, 나의 몸은 솔직했다.

나는 왕 선생님의 목덜미에 팔을 두르고, 적극적으로 왕 선생님의 혀를 휘감았다.

살짝 주저하는 것 같은 왕 선생님의 움직임.

왕 선생님은 내가 숨을 내쉬는 틈을 타 몸을 떨어뜨렸다.

내 마음의 움직임을 읽으려는 그 눈을 나는 유혹하듯 바라봤다.

"오늘은 어떤 '치료'를 하나요?"

왕 선생님이 난감하다는 듯 웃었다.

"시오리 씨, 오늘은 기운이 넘치는데요?"

"말씀하신 대로 열심히 노력했으니까요."

똑바로 그를 올려다보며 웃음을 짓는다.

이런 표정, 해본 적도, 의욕도 없었다. 하지만 이상하게도 지난 한 달 동안 내 안에서 많은 변화가 생겼다.

그런 변화가 밖으로도 보여지면 좋겠다.

왕 선생님은 놀란 듯 눈을 크게 뜨더니, 그 눈이 곧 부드럽게 호를 그렸다.

"…무척 매력적이에요. 오늘의 당신이라면 어떤 남자든 마음대로 다룰 수 있을 거예요."

"설마."

가볍게 왕 선생님의 가슴을 톡 두들기며 입을 삐죽였다.

하지만 듣기 좋았다. 그만큼 내가 성장했다는 것이니까.

난 내 손으로 속옷을 벗었다.

"봐주세요. 어서."

"응……. 아아, 아……!"

나를 깔고 엎드린 왕 선생님이 내 목덜미에 얼굴을 묻고 가슴을 움켜쥐었다.

"으응……! 후… 아앗……!"

왕 선생님이 유두를 간질이자 신음이 터져 나왔다.

처음보다 터치가 더욱 뜨겁고 거칠다.

왠지 저번보다 성급한 것 같은 기분이 들었다.

그의 손길에 가슴이 유린당하며, 입술을 질끈 깨물며 소리를 냈다.

"처… 천천히… 한다고… 해놓고선… 아앙!"

"네. 그래요… 천천히……."

그렇게 말하면서도 흥분을 감추지 못하고 거친 숨을 몰아쉰다.

심한 갈증을 느끼고 있는 것처럼 날 갈구하는데….

이것도 치료인 건가……?

왕 선생님이 내 겨드랑이를 강하게 빨고, 큰 손으로 질감을 확인하듯 허벅지를 만지작거리는 바람에 나는 손가락을 깨물었다.

아, 잡아먹히는 것 같아…….

혀끝이 허벅지 아래에서부터 하반신을 따라 사타구니까지 들어왔다.

그리고 벌어진 다리 사이로 은밀한 계곡의 입구를 희롱하기 시작했다.

"으윽! 하아… 으응… 아……!"

나도 모르게 달뜬 신음 소리가 터져 나왔다.

그 달콤한 소리에 다시 한 번 몸이 후끈 달아올랐다.

내가 이 정도로 흥분되는데… 왕 선생님은?

하지만 왕 선생님은 고개를 숙인 채 부지런히 혀끝으로 그곳을 핥고 자극하는 데 몰입 중이라 얼굴을 볼 수 없었다.

"아윽……! 하아아… 아, 아, 아아아아아… 앙!"

왕 선생님이 비밀스러운 돌기를 세차게 빨아들이는 바람에 난 거칠게 허리를 비틀었다.

"아앙… 아… 좀더……."

좀 더 강하게. 좀 더 많이.

음탕한 욕망이 샘솟았다.

쾌락을 쫓는 것 말고는 아무 생각도 할 수 없었다.

아, 온다, 온다, 온다……! 그만, 아니 계속… 좋아, 거기! 아아, 계속해 줘요……. 왕 선생님… 부탁이에요…. 아… 아… 아아…….

"아……! 오… 온 것 같아요… 나 지금……!"

몸속 구석구석이 쾌감으로 달아올라, 온몸에서 땀이 솟았다.

이제 곧 가버릴 것 같아…….

그렇게 생각한 순간, 왕 선생님이 혀의 움직임을 멈췄다.

"아, 제발……!"

더 해줘요……!

나도 몰래 천박한 목소리로 왕 선생님을 졸랐다.

그가 다리 사이에서 고개를 들었다. 그리고 묘하게 달아오른 얼굴로 나를 뜨겁게 바라보았다.

그는 점액에 젖어 번들거리는 입술을 한 채로 나를 짓궂게 쳐다봤다.

"진정해요. 치료잖아요."

왕 선생님이 내 손을 잡고 자기 입술을 만지게 했다.

"봐요, 이렇게 젖었어요……."

미끌미끌한 감촉.

이게 그러니까, 내…….

"이만큼 젖었으면 괜찮을 거예요."

"에……?"

망설이는 내 손을, 이번에는 자신의 아랫도리로 가져갔다.

무언가가 손끝에 닿았다.

아…….

"…잡아요."

왕 선생님이 나직하게 속삭이자, 심장이 목구멍 너머로 튀어나올 것 같았다.

조심스레 잡아봤다.

아, 너무 커…….

묵직하게 느껴지는 손안의 그것은 벌써 조금 젖었지만, 뜨겁고 딱딱하고 불룩하게 솟아 있었다.

성이 잔뜩 난 그것은… 엄청나게 컸다.

살짝 훔쳐보니 검붉었다. 흥분한 것은 나만이 아닌 듯, 그것은 크게 성이 나 하늘을 향해 고개를 쳐들고 있었다.

이걸 넣는 거야.

그렇게 생각하자 아랫도리에 힘이 꽉 들어갔다.

왕 선생님이 침대에 등을 대고 눕자, 바나나 같은 그것이 고개를 위로 쳐들었다.

"…시오리 씨가 한번 넣어봐요. 아프지 않게."

왕 선생님의 말을 듣자 퍼뜩 생각이 났다.

맞다, 그랬었지…….

나, 삽입을 하면 아팠었지.

하지만…….

그렇다는 걸, 완전히 잊고 있었다…….

나는 몸을 일으켜 왕 선생님 위에 걸터앉았다.

내 하반신 아래로 왕 선생님의 열기가 느껴진다.

왕 선생님은 머리카락이 흐트러지지 않았을까 가다듬는

날 사랑스러운 눈빛으로 바라봤다.

긴 팔로 날 안더니 '예뻐요' 하고 속삭이며 키스했다.

"…할 수 있겠어요?"

"아마…….."

난 다리 사이로 왕 선생님의 분신을 잡은 뒤 각도를 조금 바꿔 분신의 끝과 내 동굴의 입구를 맞췄다.

이런 자세는 그다지 경험이 없다.

하지만 왠지… 어떻게 하면 되는지 이미 내 몸이 알고 있는 것 같았다.

그 자세 그대로, 왕 선생님의 가슴팍에 손을 얹고 허리를 아래로 쑥 내렸다.

"아아앙……!"

왕 선생님의 분신이 은밀한 계곡 사이로 밀고 들어왔다. 그리고는 마치 퍼즐을 맞추듯 내 비밀스러운 동굴을 가득 메우기 시작했다.

내부의 주름 하나하나가 왕 선생님의 그것을 감싸 뜨거운 열기를 내 머릿속 끝까지 전해주었다.

"으흥… 아… 아아아아앙……!"

왕 선생님의 커다란 물건으로 아랫도리가 꽉 찬 나는 등을 웅크린 채 몸을 떨었다.

이럴 수가… 이럴 수가!

이렇게 깊숙한 곳까지……!

"아파요…?"

아뇨. 난 고개를 가로저었다.

사실은 조금 아팠지만…….

그런 하찮은 아픔 따위와는 비교도 할 수 없을 정도로 기분이 좋았고, 충만한 느낌이었다.

"하아, 하아……."

숨이 점점 거칠어졌다.

왕 선생님은 자신의 분신을 넣은 채 꼼짝도 못하고 있는 날 신중하게 바라봤다.

…치료는 이미 그만둔 상태로.

"전부 들어갔잖아요. 이제 괜찮아요……."

그런 말을 듣고 싶은 게 아니에요.

선생님, 제…….

"제 몸속… 기분 좋나요……?"

몽롱한 눈길로 그를 내려다본다. 평소라면 하지 않을 이야기가 그의 앞에서는 아무렇지 않게 흘러나오는 것이 스스로도 신기했다.

미소 지은 얼굴로 왕 선생님이 대답했다.

"네. 무척. 움직이고 싶어져요."

아… 내 안에서 그의 것이 꿈틀대는 것이 느껴진다. 아프기만 했던 삽입에 이렇게나 민감해질 수 있을 줄이야.

"움직여 주세요."

"아직 안 돼요. 시오리 씨……."

왕 선생님이 욕구를 참는 듯 달콤한 한숨을 내쉬었다.

그리고 날 올려다보며 가슴팍에 얹어진 내 손을 잡았다.

"손바닥을 맞잡고 있으면 마음까지 연결된 것 같은 기분이 들지 않나요?"

"마음도……?"

그의 커다란 손이 내 손가락 사이로 스며들었다.

단단하게 조여오는 손가락 하나하나에서 열기가 느껴지는 것 같았다.

두근대는 심장이 그에게 전해지는 것은 아닐지 걱정도 되었다.

그가 손을 뒤집어 손바닥을 마주했다.

"손바닥에는 노궁(勞宮)이라는 혈이 있어서 여기서부터 기가 뿜어져 나오거든요."

이렇게요?

"손은 기분을 전달시키기도 하고 기분을 받아들이기도 할수 있는 소중한 기관이에요. 그러니까 한 몸이 됐을 때도 이렇게 손을 마주잡고……."

왕 선생님이 눈을 감았다.

나도 눈을 감아봤다.

착각인지도 모르겠지만, 왕 선생님의 손에서 따뜻한 기운이 조금씩 스며들어 왔다.

"두 사람이 원처럼 하나로 연결돼 있다고 상상해 보세요."

내 안에 자리한 왕 선생님의 그것이 다시 한 번 부풀어 오르는 것을 느꼈다.

배 안쪽에서부터 깊은 안도감이 파도처럼 일렁이며 퍼져나갔다.

그리고…….

"으_으응… 아아……!"

기분이… 너무나 좋았다.

온몸이 녹아내릴 것 같은 쾌락.

몸이 뜨겁게 달아올라서 눈을 제대로 뜰 수조차 없었다.

눈꺼풀이 내려앉을수록 깊숙한 곳에서 무언가가 치솟아 올랐다.

목선이 파들파들 떨리고 허리가 곧추세워진다.

연결되어 있다… 연결되어 있다… 연결되어 있다…….

"연결되어 있어요……."

난 왕 선생님의 가슴팍으로 무너져 내렸다.

이대로 당신 안에 파묻혀 있고 싶어요.

옅은 목소리가 흘러나온다.

"왕 선생님, 안아주세요……."

"…안고 있잖아요?"

아니, 이런 식이 아니라… 더 강하게…….

정신을 못 차릴 정도로 흔들고, 무너뜨려 주세요.

안 그럼… 착각해 버릴 것 같아요.

이건 사랑이라고.

7.

불은 금방 타오르고 금방 꺼지죠.

물도 끓기 시작하면 언젠가 증발해 버려요.

하지만 불을 꺼뜨리지 않고

물을 계속 데우면 무척 오랫동안

아름답게 끓어오르는 물방울을

두 사람이서 바라볼 수 있답니다…….

"아아… 선생님……! 조금… 조금 더 깊이……."

왕 선생님이 계속해서 은밀한 동굴 입구만 조심스레 자극하자 애가 달았다.

참다못해 다리로 그의 허리를 휘감으려 하자, 왕 선생님이 부드럽게 꾸짖었다.

"시오리 씨. 아직 완전히 낫지 않았잖아요. 깊숙이 넣으면 아플 거예요."

왕 선생님의 어조에는 진득한 걱정이 묻어 있었다.

하지만 그렇게 말해도 나는 그저 몸이 달아올라서 그의 머리를 헝클어뜨렸다.

"알겠어요."

에? 정말?

짤막한 대답과 함께 왕 선생님의 탄력 넘치는 가슴이 가까이 다가왔다.

다리를 크게 벌리자 그 중심에 그의 분신이 파고들었다.

예리한 통증에 아랫도리가 뻐근해졌다.

왕 선생님의 물건이 깊은 곳까지 들어오자 난 비명과 함께 몸부림쳤다.

"아아아아아아악……! 아악……!!"

아파……! 하지만 좋아……!

그의 몸이 내 자궁 끝까지 닿는 느낌이 들었다.

입구에서부터 동굴의 끝까지, 전체가 그의 것으로 가득 채워져 아무 생각도 하지 못할 정도로 머릿속이 하얗게 변해 버렸다.

이 상태에서 안에 사정이라도 하면…….

생각만으로도 이미 허리가 비틀리고 척추가 꼿꼿해진다.

온몸에 전율이 퍼지는 바람에 왕 선생님의 단단한 팔뚝을 꼭 붙들었다.

사실 기분이 좋은지 어떤지도 알 수 없었다.

그런데 왜 이런 소리가 나오는 걸까…….

"으흐으으응! 아아… 아아아아아앙……!"

길고 긴 그의 분신이 쑤욱 빠져나가더니, 다시 은밀한 동굴 입구를 살살 간질였다.

"아악… 아, 아, 아, 아……!"

다리가 저릿저릿했다.

그래, 이게 더 기분 좋다. 아프지도 않고 쾌감만을 진득하게 계속해서 전해준다.

하지만, 하지만… 이것만으로는 충분하지가 않다.

자꾸만 애가 탄다. 자꾸 자꾸 애가 타서…….

"아… 선생님……!"

더 해달라고 조르는 날 달래는 듯, 왕 선생님이 몸을 웅크려 키스를 했다.

한참이고 우리 둘은 서로의 입술을 탐했다. 그의 뜨거운 혀가 입 곳곳에 열락의 흔적을 남기고 빠져나갔다.

한순간 허전해진 입술을 축축히 젖은 혀로 핥는 나를 그가 내려다보았다.

"정열적이군요. 남자로서는 좋지만… 그러면 당신이 망가지게 돼요……."

왕 선생님이 날 안아 일으켰다.

그리고는 내 허리를 잡더니 천천히 아래로 눌렀다.

미끌미끌한 그의 분신이 오솔길을 따라 내 동굴 속으로 미끄러져 들어오는 게 느껴졌다.

"아… 아, 아앙……."

아, 대단해…….

단숨에 안까지 깊이…….

하지만 이상하게도 별로 아프지 않았다.

왕 선생님을 꼭 껴안고 몸을 밀착하자 몸속에 박힌 그의 분신이 내 아랫도리를 조금씩 감싸는 듯한 느낌이 퍼졌다.

"아아……."

깊은 숨이 터져 나왔다.

"이 자세는 조금 편할 거예요. 안까지 깊이 들어가지만 격렬하게 움직이지는 않으니까……."

무엇보다 안정감이 있어서 좋아요.

그렇게 말하는 왕 선생님의 목소리에서도 열락이 느껴졌다.

부드럽게 내 쇄골에 키스하면서 그의 손이 나를 휘감듯이 끌어안았다.

등으로 돌아간 손이 목덜미에서부터 부드럽게 등줄기를 쓰다듬었다.

"끝까지 닿게 하고 싶으면 남자한테 이 자세를 요구하세요."

흠칫 몸이 떨린다.

"제가요……?"

"네. 시오리 씨의 경우, 남자한테 맡겨두면 아프기만 할 거예요."

부채질도 잘한다, 이 남자. 이 와중에도 내 귀가 팔랑거렸다.

왕 선생님은 놀리듯이 말했다.

"남자의 욕망은 불꽃과 같아서 부채질하면 부채질할수록 활활 타올라요. 정신없이 여자에게 격렬한 공격을 퍼붓게 되죠."

"그럼 안 돼요?"

어리광을 부리며 왕 선생님의 목덜미에 난 머리카락을 잡아당겼다.

왕 선생님이 난감한 듯 내 얼굴을 응시했다.

"그렇게 굴면 쓰러뜨리고 싶어져요."

"쓰러뜨려 줘요."

내가 생각해도 당돌한 태도였다. 하지만 이미 그의 것이 내 몸을 가득 채우고 있는데, 처녀처럼 부끄럽게 숨기고 싶진 않았다.

왕 선생님의 표정이 더욱 난감하다는 듯 변했다.

"그러니까, 시오리 씨의 경우는 몸이……."

마음이 원하는 만큼 몸이 따라가질 못한다고요, 그렇게 말하고 싶을 것이다.

"다 나았어요."

"안 나았어요. 낫는 중이죠."

그야말로 건조한 대화.

하지만 나는 왠지 행복해져서 왕 선생님의 어깨에 몸을 기댔다.

옷을 벗고 나면 그다음은 몸을 달구는 일뿐, 그렇게 생각했었다.

하지만 굳이 몸을 흔들어 탐닉하지 않아도 지금은 매우 충만한 기분이었다.

몸과 마음이 모두 연결된 게 이런 걸까…….

고개를 숙여보니 내 그곳에 왕 선생님의 검붉은 그것이 푹 파묻혀 있었다.

새삼 심장이 두근거렸다.

"…들어왔어요."

"네, 맞아요. 조금 움직여 볼까요?"

겁이 조금 났지만, 그보다 왕 선생님을 향한 애정이 더 컸다.

난 천천히 고개를 끄덕였다.

왕 선생님이 내 허리를 잡았다.

그대로 천천히, 원을 그리는 것처럼 밀어붙였다.

당신을 여자로 만들어드립니다
왕선생의 치료실

몸이 밀착될 때마다 왕 선생님의 분신이 비밀스러운 계곡을 이리저리 어지럽혔다.

질척한 소리를 내며 뜨거운 기둥이 동굴 틈으로 몇 번이고 머리를 들이밀었다…….

"으으응… 아, 아앙……!"

아, 왠지 이상한 기분…….

아랫배 깊은 곳이 떨리는 것 같았다.

그 울림에 발끝까지 저릿저릿했다.

마치 내 깊은 곳까지 들어와 뒤흔들어대는 것 같았다.

계속되는 자극에 가만히 있기도, 그렇다고 가만히 있지 않을 수도 없는, 괴롭기도 하고, 어지럽기도 한…….

계속 이러고 있고 싶기도 한…….

"기분 좋아요……?"

"잘… 모르겠어요…….'"

발끝의 짜릿함이 허벅지까지 차올라 계곡을 콕콕 찔러댔다. 허리 뒤쪽도 묵직한 게 무언가 이상한 기분이었다.

입으로 애무해 줄 때 느끼는 간질간질한 쾌감이나, 격렬하게 삽입할 때의 고통 섞인 쾌감이 아닌… 처음 경험해 보는 묘한 느낌이었다.

"시오리 씨. 이다음에 연인이 생기면……."

왕 선생님은 허리를 쉬지 않고 놀리며 낮은 목소리로 속삭였다.

"연인이 생기면, 이렇게 하세요. 약한 불로 꾸준히 물을 데우듯이……."

귓가에 스며드는 음성은 차분하고도 깊은 열락을 감추고 있어, 그것만으로도 다시 한 번 나를 쾌락의 샘 깊숙한 곳으로 밀어넣었다.

"약한 불로… 물을……?"

"요령껏 그렇게 해달라고 유도하는 거예요. 남자의 불을 꺼뜨리지 않도록 주의하면서."

열기가 아랫배를 지나 목덜미를 두들긴다.

"물은 한 번에 불을 꺼뜨릴 수도 있어요. 남자는 보기보다 섬세한 동물이니 조심해야 해요……."

왕 선생님의 음성은 더욱 끈적해졌다.

"에로틱하게, 서두르지 말고, 사랑하고자 하는 마음이 한껏 부풀 때까지 기다렸다가……."

마치 자신의 말을 증명이라도 하듯 리드미컬하게 허리를 움직인다.

그 움직임에 맞춰 나도 허리를 들썩이며, 왕 선생님의 목을 감싼 팔에 힘을 주었다.

"여성의 생식기는 감각이 둔하기 때문에, 여성이 섹스를 통해 쾌감을 얻기까지는 수많은 세월이 필요해요."

"전 지금… 기분 좋은데요……."

살짝 웃음 지으며 고개를 젓는 왕 선생님.

"아뇨, 안기는 게 좋은 거겠죠."

왕 선생님이 내게 키스했다.

"시오리 씨처럼 정이 많은 사람은 연인에게 안긴다는 감각을 좋아하는 거예요. 그래서 무리를 해버리는 거죠. 아파도 참고, 쾌감을 느끼는 것처럼 연기를 하고······."

그렇게 덧붙이는 왕 선생님의 움직임에 조금 아픔이 느껴졌다.

새삼 나의 상태가 어떤지 알게 되었다.

"사실은 시오리 씨도 육체적으로 즐길 수 있는 방법이 있어요."

왕 선생님은 희망적인 목소리로 말해주었다.

"하지만 시간이 걸려요. 그러니까 다음에는 당신을 받아들여 주고 사랑해 주는 남자를 고르세요."

내 몸속으로 왕 선생님이 들어와 있다.

난 왕 선생님의 품 안에 안겨 있다.

이런 때 그런 말 하지 말아요.

···하지만 이건 치료니까.

왕 선생님의 허리놀림이 점점 격렬해지자, 나는 반복해서 몰려오는 쾌락의 거친 파도에 몸을 맡긴 채 위아래로 몸을 움직였다.

찌걱, 찌걱—

물빛 소리가 울려 퍼졌다.

쾌감이 점점 절정으로 치닫자, 나와 그의 몸이 꼭 밀착되는 그 느낌에만 몰두했다.

왕 선생님이 내 가슴을 쥐고, 손톱으로 유두를 자극하기 시작했다.

"앗… 으으응… 아항!"

그가 하는 대로 내버려 둔 채 난 신음 소리만 터뜨렸다.

가슴에서부터 뻗어나온 쾌감이 아랫배의 쾌감과 합쳐져 온몸을 사정없이 두들겼다.

점점 힘이 빠졌지만 난 힘이 빠지는 대로 왕 선생에게 몸을 맡겼다.

머릿속마저 하얘졌다…….

왕 선생님의 분신이 내 뜨거운 동굴 속을 헤집자 몸 전체에 그 열기가 퍼졌다.

끓는 정도가 아니라 손대지도 못할 만큼 뜨거운 불꽃이 튀는 듯했다.

온몸에 짜릿한 전율이 돋았다.

"왕 선생님……."

이 치료는 언제까지인가요……?

8.

"아앗, 시오리! 좋아……! 나올 것 같아… 벌써 나올 것 같아……!"

케이타가 귀여운 목소리로 울부짖었다.

그의 갈색 머리칼을 부여잡고, 복숭앗빛으로 물든 귓불을 살포시 깨물었다.

"아직 안 돼……."

"우, 와… 시오리……!"

케이타는 흥분한 듯 날 끌어안고, 허리를 위아래로 들썩거렸다.

그때마다 아래쪽에서 늠름한 그의 남성이 촉촉이 젖은 내 계곡을 깊게 깊게 파고들었다.

"아, 아, 아, 아……."

기분 좋아……. 하지만.

나는 그의 가슴팍에 손을 얹었다.

그리고는 잠깐 움직임을 멈추게 했다.

너무 세게 하면 또 아파지니까…….

그가 흥분하여 열심히 하는 모습을 보면 귀엽기도 하고, 그리고 치료의 효과도 전보다 더 느끼게 되었지만, 그래도 완벽하진 않았다.

왕 선생님의 말처럼 내가 충분히 케이타를 조절해야 했다.

그렇게 난 케이타를 바라보며 고개를 숙여, 그의 입술에 키스했다.

"음… 후… 아아……."

혀를 휘감으니 케이타가 넋 나간 표정을 지었다.

허리를 움직이는 움직임에서 격렬함이 빠져나가고, 그만큼 섬세함이 들어섰다.

"아아아윽… 하… 아앙……."

좀 전보다 더욱 진한 쾌감이 몰려든다.

"아아아, 시오리! 나… 너무 좋아, 나……!"

"아아, 케이타! 나도……."

뱃속에 스멀스멀 번지는 괴로운 느낌. 쾌감 너머에서 전해져 오는 아릿한 고통.

아직은 괴롭지만, 배운 대로 계속하다 보면 언젠가는…….

「그래요, 잘했어요. 몸속 깊은 곳에서 남성을 맛보듯이 천천히…….」

왕 선생님의 목소리가 귓가에 울렸다.

케이타가 내 등허리를 꼭 부여잡았다. 금방이라도 사정을 할 것 같았다.

"아직 안 된다니까……."

그렇게 애태우면서 난 등을 뒤로 젖히며 그의 분신을 몸에서 빼냈다.

촉촉하게 물기를 머금은 그것은 폭발이라도 할 것처럼 팽팽하게 부풀어 있었다.

맛있어 보인다고 하면… 내가 너무 음탕한 건가?

하지만 그렇게 흥분해 있는 남성을 보자니, 더없이 갖고 싶어졌다…….

나는 침대에 엎드려서 케이타를 돌아봤다.

그리고 달콤하게 속삭였다.

"뒤로 해줘……."

"으, 으응……!"

얼굴을 붉힌 케이타가 재빨리 덮쳐왔다.

난폭하게 내 허리를 끌어올리려는 손을, 나는 다시 한 번 제지했다.

"이대로가 좋아….."

"엣, 어… 엎드린 채로?"

"응……."

내 볼도 발그레해진 것을 케이타가 침을 꿀꺽 삼키며 바라보았다.

"드, 들어갈까……?"

내가 삽입에 어려워한다는 것을 그도 잘 알고 있다.

케이타는 망설였다.

하지만 내가 일부러 엉덩이를 쑥 쳐들자 눈을 동그랗게 뜨며 마른침을 꿀꺽 삼켰다.

"우와! 시오리! 어, 엄청 섹시해……."

"아이, 부끄럽게……."

"얼른 와. 부끄러우니까."

그렇게 속삭이며 나는 다시 그 사람의 목소리를 떠올렸다.

「부끄러워하면서 재촉하세요. 명령하지 말고.」

왕 선생님.

저 잘하고 있는 건가요……?

케이타가 가랑이를 벌린 채 내 몸을 덮치더니, 자신의 분신을 쑥 집어넣었다.

이미 젖을 대로 젖은 계곡은 한 마리의 연어를 받아들이듯 그의 것을 빨아들였다.

"아악… 하아윽……!"

거친 신음이 터져 나왔다. 발에 힘을 꽉 줘서인지 케이타도 쾌감을 느껴서인지, 그의 물건이 내 안에서 다시 한 번 불룩하게 부풀어 올랐다.

"아아항……!"

몸속에서 뭔가가 커지는 건 이상한 느낌이다.

저절로 시트를 부여잡게 된다.

"시, 시오리……. 아……! 장난 아니게 조이고 있어!"

케이타가 다급하게 내 목덜미를 빨았다.

그리고는 더 큰 쾌감을 원하는 듯 세차게 허리를 놀렸다. 나의 아픔도 이미 잊은 듯했다.

하지만 이젠 괜찮다.

「이 자세에서는 성기가 끝까지 들어가지 않으니까 안심해요. 그리고 시오리 씨도 무척 기분 좋을 거예요. 사실 여성은 성기 입구에 성감대가 집중돼 있거든요…….」

"아아아아아윽……! 아앙……! 케이타, 너무 좋아……!"

정말이에요 선생님.

엄청! 너무! 기분이 좋아요……!

난 아래로 손을 뻗었다.

손가락으로 비밀스러운 계곡 사이로 부풀어 있는 작은 돌기를 어루만졌다.

아, 기분 좋아……. 너무너무…….

정신없이 허리를 놀리는 그의 움직임에 맞춰 민감한 돌기가 앞뒤로 쏠린다.

금세 익숙한 쾌감이 등줄기를 타고 퍼졌다.

"하아하아……!"

"아, 아, 아, 아……!"

아아아아아아아아윽……!

허리를 뒤틀며 몸부림치는 내게 케이타는 마지막 힘을 모아 그의 물건을 밀어 넣었다.

다음 순간, 난 단말마의 비명과 함께 몸을 후드득 떨었다.

"아아앙……!"

뜨거운 액체가 안에서 팍 터진 느낌이 들었다……. 아, 안에다가…….

"아아… 으……!"

당혹스러워 하면서도 나는 두 번, 세 번이고 몸에 퍼져 오는 나른한 감각에 몸을 맡겼다.

그의 것을 직접 안에서 받은 것은 처음이었다.

묘한 감각에 허리에 제대로 힘이 들어가지 않았다.

케이타가 내 등으로 풀썩 무너져 내렸다. 충족감이 느껴지는 무게였다.

"미, 미안……."

케이타가 격한 호흡을 진정시키려 애쓰며 사과를 해왔다.

그 모습이 또 귀여워 웃음이 났다.

"아니야……."

하아, 하아. 거친 숨을 몰아쉬면서 나는 이마의 땀을 닦았다.

대단해……. 잘… 해냈어……. 이제 괜찮아…….

"미안해, 시오리. 어떡하지? 얼른 씻고 오는 게……."

에……?

나는 케이타를 돌아봤다.

불안한지 안절부절 못하는 모습의 케이타.

아아, 그렇구나.

나는 베개에 머리를 묻고 조금 심술궂은 마음으로 그를 쳐다봤다.

"이미 늦지 않았을까?"

"에, 에엣……! 그럼 안 되는데……."

눈에 띄게 당황하니 괜히 더 심술궂은 맘이 들었다. 하지만 이쯤에서 참기로 했다.

"거짓말이야. 걱정 마. 안전한 날이야."

"아하. 그, 그랬어?"

케이타의 표정이 누그러졌다.

뭐야.

그렇게 곤란하면 이런 짓을 안 하면 되잖아.

"뭐, 혹시라도 생기면 낳아야지 어쩌겠어."

"뭐?!"

케이타는 눈을 내리깔더니, 가만히 생각에 잠겼다.

"…그래, 그러지 뭐."

"에?"

뜻밖의 대답이 돌아왔다. 난 돌아보는 자세 그대로 굳어버렸다.

"나… 역시 시오리가 좋아."

눈을 동그랗게 뜬 날 보고 케이타는 부끄러운 듯 머리를 긁적였다.

"왠지… 전보다 느낌이 좋아졌어. 아니, 전이 나빴다는 게 아니라… 뭐랄까, 좀 더 좋아졌달까……."

문득 왕 선생님의 모습이 떠올랐다.

보고 싶어요, 선생님…….

"그러니까… 아기가 생겨도 상관없어. 응, 책임질게."

"…고마워. 너무 기뻐."

기쁜 표정으로 다시 한 번 날 꼭 안아주는 순진하고 귀여운 케이타.

그런데… 왜 이렇게 마음이 가라앉을까?

사랑하던 그가 돌아와 주었고, 나에게 이렇게 기쁜 말을 해주는데, 왜 그것을 솔직하게 기뻐할 수 없는 걸까?

케이타가 나쁜 게 아니야.

내가 변한 거야…….

"시오리. 어디 가고 싶은 데 없어?"

"으음… 디즈니랜드?"

"알았어! 티켓 끊어놓을게!"

왕 선생님.

저 어쩌면 좋죠?

다시 찾은 사랑은 이미 빛이 바랬는데, 이대로 지속해야 하는 걸까요?

창밖으로 저무는 노을을 바라봤다.

다음 진료 약속은 없지만… 또 찾아가도 되죠?

몸은 이제 좋아졌는데,

마음이 갈피를 못 잡게 돼버렸으니…….

하지만 두 번 다시 왕 선생님을 만날 수는 없었다.

"에! 어째서……!"

분명히 있어야 할 장소인데, 치료원은 온데간데없었다.

나는 공터가 되어버린 그 자리에 우두커니 서 있었다.

"틀림없는데……."

다시 한 번 기억을 더듬으며 찾아봤다.

하지만 역시 이곳이 맞다.

바로 이 공터에… 치료원이 있었다.

"왜……?"

당황해서 전화를 꺼냈다.

급히 모바일 인터넷 어플을 구동한 뒤 사이트를 열려고 했다.

그러나 곧 그 자리에 얼어붙고 말았다.

없어…….

분명히 즐겨찾기에 등록해 놨는데, 흔적도 없이 사라져 있다.

"말도 안 돼. 어째서⋯⋯?"

설마 전부 꿈?

그럴 리 없어!

이렇게 기억에 생생한걸!

"왕 선생님⋯⋯!"

역으로 돌아가며 몇 번이고 다시 찾아봤다.

다른 곳으로 이전을 했을지도 모른다는 생각에 여기저기 물어봤지만 동네 사람들은 치료원의 존재조차 몰랐다⋯⋯.

"왕 선생님⋯⋯!"

그의 흔적을 찾아 나는 정신없이 헤맸다.

다시 한 번 만나고 싶어.

딱 한 번이라도 좋아.

어떡하지.

이렇게 갑자기 만나지 못하게 될 줄은 몰랐는데!

"어째서⋯⋯."

치료원이 있었어야 할 공터에 주저앉아 나는 하염없이 눈물을 흘렸다.

주변은 사람도 없고 적막하기만 해서, 정말로 이곳에는 치료원도, 왕 선생님도 없음을 비정하게 알려주었다.

눈물은 계속 흘러내렸고, 도저히 주체할 수 없었다.

그러다⋯ 떠올렸다.

마지막으로 배웅할 때 왕 선생님이 건넨 말⋯⋯.

「시오리 씨. 당신은 지금 생명력이 넘치고 있어요. 곧 당신에게 어울리는 사람이 나타날 거예요.」

그렇게 말한 뒤 조금 쓸쓸한 얼굴로 나를 바라봤다.

「행복해야 해요…….」

"너무해요, 왕 선생님….."
가슴이 미어지듯 아팠다. 눈물이 멈추지 않았다.
왜 끝낸 거죠?
난 아직 다 안 나았단 말이에요.
이대로 계속 왕 선생님이 봐주길 원했는데…….

한참을 울어서 눈물도 말라 버렸을 때에야 난 겨우 일어났다.
하지만 케이타에게 돌아가고 싶지는 않았다.
케이타가 아니야.
내가 지금 만나야 할 사람은…….
핸드폰에서 그의 번호를 지우자 조금 쓸쓸해졌다.
하지만 혼자서 돌아가야 한다. 홀로 돌아가야만 한다…….
내 몸과 마음을 보살피면서 기다리다 보면 분명히 만날 것이기 때문이다.
"그렇죠? 왕 선생님……."

선생님. 매일을 충실하게 보내면서 저는 기다리려고 해요.

천천히. 나답게.

그리고… 이번 만남은 치료가 아니었으면 좋겠어요.

왕 선생님처럼 날 사랑해 주는… 그런 연인과의 만남이면 좋겠어요.

불임 치료
내 안에 스며든 진실

1.

그런 말이 없었으면 안 찾아왔을 것이다.

그래. 그렇지 않으면 누가 이런 남부끄러운 치료를…….

"정말로 비밀 지켜주시는 거죠?"

블라우스 옷깃을 부여잡고 거듭 다짐을 받는 나에게 왕 선생님은 미소를 지었다.

"의심스럽나요, 부인? 그럼……."

왕 선생님은 그 아름다운 얼굴을 조금도 일그러뜨리지 않고, 조용히 문을 가리켰다.

"돌아가셔도 됩니다."

"옛……!"

설마, 그래도 환자라고 찾아온 손님을 이렇게 단호하게 거부할 줄은 몰랐다.

내가 선뜻 뭐라고 이야기하지 못하자, 짐짓 굳었던 그의 표정이 풀어진다.

"저는 신이 아닙니다. 일개 한의사[中醫師]이자 약선사(藥膳師), 그리고 역사의 음지에서 이어진 성의(性醫). 말하자면 성에 관련된 문제를 고쳐 주는 의사일 뿐이죠……"

치료실에 꾸며진 앤티크 가구처럼 침착하고 부드러운 목소리.

"믿고 몸을 맡겨주시지 않으면 '치료'는 불가능합니다."

침을 꿀꺽 삼키며 가슴을 진정시켰다.

그래. 침대가 있긴 하지만… 저건 저 사람의 치료 도구일 뿐이야.

마음 굳게 다잡고 다시 한 번 블라우스 단추로 손을 가져갔다.

왕 선생님이 내게로 다가오더니 뺨을 어루만졌다.

"무리하시는 거 아닌가요?"

"아니에요. 아이가 너무 갖고 싶어요. 하지만 이대로는……"

결혼한 지 벌써 오 년.

아무리 기다려도 아이가 안 생기자 점점 시어머니의 눈치가 심해졌다.

대대로 내려오는 포목점의 후계자인 남편에게는 따로 좋은 혼처가 정해져 있었기 때문에, 처음부터 축복받지 못한 결혼이었다.

처음 둘이서 사랑을 시작할 때에는 그런 사정을 모르고,

그저 서로 사랑만 있으면 된다고 여겼었다.

하지만 결혼 때가 되자 결국 둘만의 문제가 아님을 알게 되었다.

부모님의 극심한 반대에도 불구하고 변변치 않은 날 선택해 준 남편한테는 너무 고맙다.

하지만 사랑의 열정이란 정말 덧없는 것.

「너무 초조해하지 마. 천천히 낳지, 뭐.」

자상한 남편은 그렇게 나를 위로해 주었다.

난 그럴 때마다 고마우면서도 미안해 얼굴을 들지 못했다.

하지만, 처음엔 그렇게 말했지만, 결혼한 지 삼 년이 넘어가자 남편도 날 의심쩍게 바라보기 시작했다.

「이상하네. 매번 안에다 사정하는데…….」

분명히 시어머니가 틈만 나면 남편한테 손주를 내놓으라고 재촉하기 때문이겠지.

포목점 가문을 이어야 하는 남편에게는 후손이 무엇보다 중요하다.

요즘 같은 현대에 보기 드문 가문이라 할 수도 있지만, 후손에게 거는 기대는 어느 가족이나 똑같기에 참고 넘기려 했다.

하지만 너무한 거 아닌가?

왜 꼭 내 몸만 이상하다는 식으로…….

「다리를 좀 더 벌려야지. 뭐하는 거야, 힘 빼라고……!」

그런 일이 반복되자 나는 어느 순간 남편을 받아들일 수 없게 돼버렸다.

남편이 밤일을 요구하면 몸이 멋대로 굳어버린다.

그것은 사랑을 나누자는 이야기가 아니라, 마치 시간이 되었으니 밥을 먹자는 것과 똑같은 행위였다.

사랑도 무엇도 없는 그 행위에 난 겁을 먹게 되었다.

그래도 참고 남편의 손길에 몸을 맡기지만, 아무 느낌도 받지 못했고 젖지도 않았다.

「…뭐야. 이제 나한테 질린 거야?」

남편의 투정에 진력이 난 어느 날, 참지 못하고 난 대꾸하고야 말았다.

「애가 안 생기는 게 왜 꼭 나 때문이죠? 당신이 문제일 수도 있잖아요!」

…하지 말았어야 했다.

그때 남편이 뱉은 말.

다시 생각해도 소름이 돋는다.

「난 문제 없어. 전에 한 번 다른 여자를 임신시킨 적이 있으니까.」

당신 만나기 전 일이야.

신경 쓰지 마.

하지만… 잊을 수 있을 리가 없다.

"부인, 괜찮으세요? 얼굴이 창백해지셨어요."

그 일이 떠오르자 얼굴에 티가 난 모양이었다.

"아, 네에……. 괜찮아요……."

걱정스러운 듯 뺨을 어루만지는 따뜻한 손.

이 사람은 믿을 수 있을까.

난 왕 선생님을 올려다봤다.

키가 정말 컸다.

몇 살 정도일까.

갸름한 턱선, 풍성한 머리칼, 지적으로 길게 뻗은 눈.

꼭 여자처럼 아름답다.

하지만 늠름하게 튀어나온 목젖이나 각지고 넓은 어깨는 더없이 남자다웠다…….

여성스러움과 남성스러움이 그 한 몸에 마치 당연한 것처럼 공존하고 있는, 신기한 이미지의 남자.

어렴풋이 학창시절 좋아했던 선배에게서 느꼈던 두근거림이 기억났다.

…아니야. 정신 차려. 여긴 치료원이야.

마음을 다잡으려고 한숨을 내쉬자, 그것이 그에게는 다르게 받아들여진 모양이었다.

"저런……. 괴로운 일이 무척 많았던 모양이군요."

왕 선생님은 날 살포시 감싸 안았다.

무례하다고 생각하면서도 난 움직일 수가 없었다. 아니, 움직이지 않았다.

이 치료원의 치료는 다른 클리닉과는 조금 다르다고 한다.

나도 인터넷에서 본 게 다지만… 그래서 여기까지 오는 것을 많이 망설였다.

의사가 환자를 이렇게 안는 것은 보통 상상도 할 수 없는 일이다. 하지만 난 알고 있다.

이건 어디까지나 치료니까…….

"부인. 여성의 몸과 마음은 피아노처럼 섬세한 겁니다."

"…그런가요? 여자는 둔하고 뻔뻔한 동물이라고 생각했는데."

"이런. 성깔 있는 분이시네."

왕 선생님이 피식 웃음을 터뜨렸다. 하지만 무례한 웃음은 아니었다.

그는 날 안은 채 내 등을 가만히 쓰다듬었다.

"부인. 마음에 없는 소리 할 필요 없어요……. 당신이 정말 뻔뻔했다면, 이런 고민으로 혼자 끙끙거리다 저한테 찾아오게 되지도 않았을 테니까요."

"……."

그의 말투는 나긋나긋하면서도 단단한 심이 있었다.

그 심이 강하게 내 마음을 쳤다.

"괜찮아요. 부인은 아이를 가질 수 있고, 불감증도 없습니다. 지금부터 제가 부인을 치료… 아니, 조율해 드리죠."

왕 선생님은 내 이마에 부드럽게 키스했다.

그리고 감은 눈에, 뺨에, 그리고 귓불에도… 따뜻한 입술이 와 닿았다.

"아……."

약한 신음이 새어나와 깜짝 놀랐다. 그런 반응에 눈웃음을 지은 왕 선생님이 말했다.

"귀에 하는 키스는, 유혹."

달콤한 목소리가 낮고 조용하게 밀려들었다.

귀에 하는 키스는 유혹…….

"소설에서 읽어본 적 없나요?"

"아뇨……. 아, 아아……!"

무심코 대답을 하다가 흠칫 몸을 떨었다.

귓불에 닿은 입술이 떨어지지 않고, 뜨거운 숨이 귀를 감쌌다.

"말하지 말아요……."

겨우 입술을 깨물었다.

하지만 다음 순간 더더욱 짜릿한 감각이 밀려들었다.

왕 선생님의 손가락이 얇은 블라우스 위로 등줄기를 따라 미끄러져 내렸다.

"으응……! 흐… 아앗……!"

"그래요, 조용히… 참으면서 느껴봐요."

왜 말을 하면 안 되지……?

그렇게 생각했지만, 입을 다물고 있으니 귀를 간질이는 입술의 촉감이나 이따금 터져 나오는 한숨 소리에 온 신경이 집중됐다…….

아아… 아… 아……

나는 다리에 힘이 풀려 왕 선생님의 어깨에 몸을 기댔다…….

"그래요, 자연스럽게……. 여기서는 연기 안 해도 됩니다, 부인."

남편 앞에서는 언제나 과장되게 쾌감을 느끼는 척 연기를 했었다.

왕 선생님은 그 사실을 알고 있다는 듯 날 뜨끔하게 만들었다.

이 사람은 대체…….

눈을 뜨니 코끝이 맞닿을 듯 가까이 있었다. 방금 만난 사이인데.

무섭지는 않았다.

다만… 다만 거슬리는 것이 하나 있었다. 그걸 차마 말할 수는 없… 다고 생각한 찰나.

"제가 '부인'이라고 부르는 게 싫으세요?"

어딘가 짓궂은 장난이 묻어나는 목소리.

분하지만 맞는 말이다.

괜히 민망해져서 왕 선생님의 어깨를 꾹 누르며 토라진 척했다.

남편이랑 연애할 때 이외에는 해본 적 없는 행동이었다.

"대체 얼마나 많은 여성을 '치료'해 온 거죠……?"

"잊어버렸습니다."

선뜻 대답하는 단정한 입술.

그러더니 왕 선생님은 의사라고는 상상할 수 없을 정도로 정열적인 눈빛을 쏟아내며 내 손가락에 키스했다.

"언제나… 지금 이 순간에는 단 한 명, 당신뿐입니다. 부인."

부인이라고 부르지 말라니까…….

"비밀은 꼭 지키겠습니다. …아니, 저와 함께 영원한 비밀을……."

저와 함께 영원히,

둘만의 비밀을,

그 몸에 품어주십시오.

부인…….

"…부인이라고 부르지 말아 주실래요?"

"당신은 다른 사람의 아내인데도?"

이상하다는 듯, 이미 알고 있다는 듯 물어오는 그의 눈빛을 피하며 고개를 저었다.

"그래도 싫어요……."

왕 선생님의 손가락이 다시 등줄기를 따라 목덜미까지 올라왔다.

아아… 아아아… 아핫…….

외간 남자와 이런 꼴을 하고 있다니.

천박하다는 생각도 들었지만 조금은 음탕한 욕망에 온몸이 달아올랐다.

평생 단 한 번도 이런 경험을 해본 적이 없다.

성실한 남편을 만나 연애를 하고 결혼을 했다. 다른 남자에게 눈을 돌린 적도, 흥미를 가진 적도 없는데.

난생처음 느껴보는 열기가 척추를 타고 흘렀다.

그 열기에 머리가 멍해졌다…….

왕 선생님은 그런 나를 가볍게 안아 올리더니, 깃털처럼 포근한 침대에 뉘었다.

양팔을 내 겨드랑이에 끼운 채 가만히 바라보는 시선.

무서울 정도로 맑은 눈동자.

하지만 그곳에 흥분의 불꽃이 일렁이고 있다는 것을 꿰뚫어본 나는 대담하게도 그의 뺨으로 손을 뻗었다.

"선생님한테 맡길게요. 마음대로 하세요……."

스스로도 깜짝 놀랐다.

이런 말은 남편한테도 한 적이 없는데, 내가 이런 말을 할 수 있는지도 전혀 몰랐다.

아니, 남편이 아니니까 이렇게 말할 수 있는 것일지도 모른다.

왕 선생님이 내 이름을 불렀다.

"아키에(秋枝) 씨……."

입술 사이로 붉은 혀가 얼핏 내비쳤다.

"잔인하군요……. 이러시면 곤란해요. 전 냉정하게 있었는데."

"어머, 저도 냉정했어요."

눈웃음을 짓는 왕 선생님의 입술이 점점 가까이 다가왔다.

아아…….

키스는 안 되는데…….

내 마음을 어루만지는 것처럼 부드럽게 다가온 입술이, 내 윗입술을 살포시 덮쳤다.

달뜬 신음과 함께 입을 벌리자, 기다렸다는 듯 뜨거운 혀가 밀고 들어왔다.

심장이 목구멍 바로 아래에서 뛰는 듯, 거칠게 쿵쾅거

렸다.

막무가내로 몰고 들어오는 키스가 아닌, 마치 첫키스를 나누듯 수줍게 서로의 체온을 교환하는 이런 키스.

몇 년 만이지……?

입술을 떨어뜨린 순간 왕 선생님도 뜨겁게 젖은 한숨을 내뱉었다.

그걸 보자 피가 더더욱 빨리 도는 것 같았다.

내가 가진 괴로운 기억을 가리기라도 하려는 듯, 왕 선생님은 온몸으로 나를 감싸 안았다.

그러더니 나직하게 귓가에 속삭였다.

눈 감아요, 아키에 씨.

깊게 숨을 들이마셔 봐요.

지금부터 제가 전심전력을 다해서

당신을 치료해 드리겠습니다…….

2.

내 손으로 블라우스 단추를 풀어내린다.

하지만, 여기까지 와서도 난 아직 망설이고 있었다.

지금부터 남편 이외의 남자한테 안기는 거야…….

망설임이 강해진다.

처음 보는 남자 앞에서, 치료를 위해서라지만 쉽게 옷을

벗어도 되는 것일까.

왕 선생님은 그런 내 마음을 알아챈 걸까.

그는 단추를 풀어내리다 말고 움직임을 멈춘 내 손가락 위로 자신의 손을 가져갔다.

"제가 하겠습니다, 부인."

부인……?

눈을 흘기는 나를 왕 선생님이 사랑스러운 눈으로 바라봤다.

"죄송. …아키에 씨."

마치 선물 포장지를 풀듯이 정성스러운 손길에, 얇은 옷가지들이 하나하나 떨어져 나갔다.

아아… 어떡하지.

나의 나체가 적나라하게 왕 선생님 앞에 드러났다.

나름대로 관리를 해오긴 했지만, 남편을 만났을 무렵의 젊고 싱싱한 몸은 아닐 텐데…….

절로 몸이 움츠러들려고 한다.

왕 선생님은 그런 망설임마저 모두 꿰뚫어보는 듯했다.

벗겨낸 옷을 침대 옆에 가지런히 정리하여 두는 왕 선생님.

그는 내 가슴을 조심스레 쥐더니, 감탄스러운 듯 탄식을 내뱉었다.

"아름다운 가슴이네요……. 탄력 있고, 둥그렇고… 계속 보고 있어도 안 질릴 것 같아요…….”

낯간지러운 감상평.

분명히 예의상 하는 말일 것이다.

그렇게 생각했지만 역시 마음이 놓였고, 한편으로는 문득 슬프기도 했다.

이렇게 예의상으로 하는 말이라니, 실상은 내 몸이 전혀 그렇지 않다는 것이니까.

"말도 안 돼요. 난 이제 젊지도 않고… 그래서 아이도 잘 안 생기고……."

자신이 없어진 말투로 난 조심히 중얼거렸다. 새삼 더 나의 처지가 느껴져 울고 싶어진다.

그러나, 그런 나의 감정을 무참히 자르듯 왕 선생님이 부정했다.

"그렇지 않아요."

왕 선생님의 손가락이 가슴선을 따라 미끄러져 내렸다.

"앗… 아… 아아……!"

천천히 원을 그리듯, 다정하게 가슴을 쓰다듬는 다섯 개의 손가락.

눈도 제대로 뜨지 못한 채 움찔움찔대는 내게 왕 선생님이 속삭였다.

"…성감이 예민하시군요."

그러고 보니 생각났다.

왜지?

남편과 할 때는 이렇게 민감해지지 않는데…….

"…여기는 어때요?"

왕 선생님의 엄지손가락이 유두를 지그시 눌렀다.

내 몸은 그 즉시 놀라울 정도의 반응을 나타냈다.

"아앙……!"

소리를 참으려고 해도 소용이 없다.

"이것 봐, 이렇게 잘 느끼는데. 그럼 여기는? 여기는……?"

손가락을 튕기고, 가슴을 거세게 주무르는 왕 선생님의 손놀림에 아랫배가 훅하고 뜨거워졌다.

"아… 선생님… 아앗……!"

가슴 끝에서 달아오른 열기가 하반신을 두들겨 대는 통에 정신이 없었다.

머릿속이 하얗게 사라질 것 같다.

이렇게 느낀 적, 근래에는 없어서 도저히 적응이 되지 않는다.

"후후. 어떻습니까, 부인……? 불감증 치료는 별로 필요 없을 것 같은데……."

또 부인이라고……!

장난 섞인 목소리가 분했지만, 왕 선생님이 갑자기 입술로 가슴을 희롱하는 바람에 나는 몸을 뒤틀며 비명을 내질렀다.

"하… 아앙……. 아, 안 돼……."

"뭐가 안 되는 건가요……?"

왕 선생님은 나직하게 속삭이며 뜨거운 혀로 유두를 간질였다.

팽팽하게 솟은 꼭지가 파들파들 떨리는 것이 느껴졌다.

한참 더 유두를 핥고, 그 주변에 침을 듬뿍 묻힌 그의 커다란 손이 아래쪽에서부터 가슴을 쥐었다.

가슴을 쥔 손에 점점 힘이 실렸다.

"으으응… 아… 아앙……!"

"뭐가… 싫어요……?"

왕 선생님은 일단 몸을 떨어뜨리고, 날 내려다보는 자세로 가슴을 주물렀다.

왕 선생님의 손가락이 가슴 속을 파고들었다.

뭉개 버릴 듯 거칠게 주무르는 그 손길에 왠지 내가 가련한 먹잇감이 된 기분이 들었다…….

"아, 아아앙……! 싫어… 아, 안 돼, 그만……!"

그가 전해주는 쾌감에 몸서리치며 빌어본다.

누가 들으라는 듯 크게 외치고 허리를 비틀었지만,

"…이미 늦었어요. 부인."

아아……!

등줄기를 타고 전율이 흐르는 순간, 왕 선생님이 강하게 가슴을 빨았다.

나도 모르게 용수철처럼 몸을 솟구치며 왕 선생님의 머리를 부여잡았다.

"아악… 선생님……!"

왕 선생님이 손가락으로 유두를 짓뭉개듯 자극했다.

꼿꼿하게 솟아난 그곳을 왕 선생님은 숨도 안 쉬고 할짝할짝 핥기 시작했다.

"으응… 아아… 아아아앙……!"

날카로운 자극과 그의 머리칼에서 풍기는 향기.

아랫도리에 은밀한 샘물이 고이기 시작했다.

"선생님……! 선생님도 벗어요……!"

갑자기 이 상황이 억울해졌다.

"왜죠?"

"저, 저만……. 저만 이런 모습인 건 싫어요……!"

거짓말.

사실은 그의 살을 만지고 싶어서. 맨몸에 안기고 싶어서.

그리고…….

온몸이 마비될 것 같은 쾌감 속에서, 나는 잊고 있었던 강렬한 욕망이 되살아나는 것을 느꼈다.

입술과 손가락에 열기가 느껴졌다.

그의 피부를 만지고 싶어.

그의 입술을 탐하고 싶어.

그리고…….

나는 상상만으로도 낯 뜨거운 장면을 머릿속에 그리면서 그의 목덜미를 부여잡았다.

머리를 들어 올린 왕 선생님은 거친 숨을 몰아쉬는 날 보며 의미심장한 미소를 흘렸다.

"기다려 보세요."

그렇게 말하며 몸을 일으키더니, 우아한 몸짓으로 옷을 벗었다.

가운이 발끝으로 흘러내리며 근사하게 곡선을 이루고 있는 근육의 선이 보인다.

놀랍게도 왕 선생님은 가운 속에 속옷을 하나도 입고 있지 않았다……!

"아……!"

늠름하게 고개를 쳐들고 있는 왕 선생님의 분신은 남편의 것과는 크기도, 색도, 모양도 전혀 달랐다.

"부인, 어디를 보고 계십니까, 지금……?"

깜짝 놀라 눈을 돌렸다. 너무나 뚫어져라 그의 것을 쳐다보고야 말았다.

수치심에 얼굴을 붉힌 내 귓가로 짓궂은 목소리가 담쟁이 덩굴처럼 얽혀들었다.

"많이 보셨겠죠, 남자의 것. 여러 사람의 것으로……."

"아, 아뇨, 전……."

왠지… 남편 것밖에 모른다는 말을 할 수가 없었다.

부끄럽다고, 수치스럽다고 해야 하나.

내 속을 아는지 모르는지, 왕 선생님은 무릎을 꿇고 내 앞을 가로막더니 내 어깨를 지그시 눌렀다.

나도 그의 앞으로 무릎을 꿇게 됐다.

"…평소에 하는 것처럼 해보세요."

왕 선생님이 내 머리를 아래로 누르자 물기에 젖어 촉촉이 빛나는 검붉은 그것이 코앞으로 다가왔다.

뿜어져 나오는 열기가 느껴질 정도로 가까운 거리…….

아…….

욕망과 굴욕감이 뒤섞였다.

왕 선생님은 그런 내 턱을 치켜들어서 입이 벌어지게 만들었다.

그리고는 자신의 분신 끝을 입안으로 밀어 넣었다…….

"으읍……! 하… 으읍……!"

혀끝에 번지는 남자의 맛.

입안에 다 들어가기에는 벅찬 크기였다.

왕 선생님이 머리칼을 거칠게 거머쥐자 또 다른 묘한 흥분이 밀려왔다.

눈을 질끈 감고, 이빨에 다치지 않도록 조심스레 그 끝을 물었다.

그리고는 간신히 곡선을 따라 혀를 미끄러뜨렸다.

츄읍…….

할짝… 할짝…….

혀끝으로 움푹한 부분을 간질이자, 왕 선생님의 분신이 마치 살아 있는 생선처럼 움찔움찔 튀어 올랐다.

그리고 머리 위에서 들려오는 거친 숨소리.

기분 좋아요……? 내 혀로 충분히 느낄 수 있나요?

쾌감에 젖은 숨소리에 내 은밀한 계곡에서는 샘물이 다시금 터져 나왔다.

어떻게 이럴 수가 있을까…….

짐승 같은 모습으로 굴욕적인 봉사를 하고 있는데…….

왕 선생님이 낮은 목소리로 명령했다.

"좀 더 깊숙한 곳까지……."

안 돼요. 안 들어가요…….

눈을 감은 채로 눈썹을 찌푸리고, 고개를 뒤흔들며 간신히 뜻을 전했다.

그러나 왕 선생님은 실망이라든지 낙담한 얼굴이 전혀 아니었다.

"입이 아담하군요."

아니에요. 당신이 큰 거죠.

얼굴을 들어 왕 선생님을 올려다봤다. 왕 선생님은 거칠게 머리칼을 흐트러뜨리던 손길을 늦추고 부드럽게 내 뺨을 어루만졌다.

"어떻게 그렇게 사랑스러운 얼굴을 할 수가 있죠……?"

그 한마디에 가슴이 미친 듯이 두근거렸다.

마치 그와 진짜 연인이 된 것 같았다.

나는 입으로 그 끝을 강하게 빨아들이는 동시에, 아랫입술을 벌려 혀로 왕 선생님의 분신 안쪽을 핥기 시작했다.

연애시절 남편이 무척 좋아하던 방식이었다.

"아아……."

왕 선생님이 희미하게 신음을 내뱉었다. 지금까지 들은 목소리 중 가장 흔들리고 있는 목소리였다.

느끼고 있구나. 그렇게 생각하자 더더욱 열심히 하고 싶어졌다.

그리고 그 쾌락이 폭발하려는 순간, 당신의 것을 내 안으로…….

왕 선생님은 허리에 달라붙듯 몸을 밀착시키고 음탕한 애무를 시작한 내 손을 잡았다.

그러더니 우거진 수풀 너머로 늘어져 있는 자신의 구슬 주머니를 만지게 했다.

"남자의 여기에 있는 씨앗이 당신 몸 안에 들어가 결합하는 거예요. 자… 머릿속으로 그려봐요."

에…….

뜬금없이… 뭘 어떻게 그려보라는 거지……?

입을 벌린 채 멍하니 굳은 날 보더니, 왕 선생님은 귀여워서 어쩔 줄 모르겠다는 듯 꼭 껴안았다.

"아키에 씨. 정말 어설픈 사람이군요."

지적을 받았는데도 왠지 난 달콤한 기분에 사로잡혀 그 어깨에 얼굴을 기댔다.

뺨으로 곧게 뻗은 쇄골이 느껴졌다.

피부 너머에서 두근두근 하고 뛰고 있는 그의 심장 소리가 들렸다.

아니, 내 심장 소리인가?

누구의 소리인지 모를 만큼, 두 개의 심장박동이 합쳐져 마치 음악처럼 조화롭게 신체 너머로 퍼져 나갔다.

"…그런 상상이 중요한가요?"

"글쎄. 어떨까요."

당연하다고 야단칠 줄 알았는데 왕 선생님은 그렇게 대꾸했다.

그리고는 다시 날 시트에 밀어 넘어뜨렸다.

저돌적인 입술이 목덜미를 빨고, 뜨거운 손이 허벅지를 어루만졌다.

조금 전보다 더 강해진 압력에 피부 위에 뜨거운 열락의 흔적이 새겨졌다.

"앗, 아… 안 돼요! 자국이……!"

"자국이 생기면 안 돼요?"

"다, 당연히 안 되죠……!"

허둥지둥하면서 그를 떨어뜨리려고 노력했다.

하지만 그는 마치 십대 청소년같이 활기찬 얼굴로, 나의 손길을 무시한 채 아랑곳없이 내 살결을 정신없이 탐했다.

이런 느낌은 정말 오랜만이었다.

거칠게 달려드는 손길에 가슴이 고동치고 마음이 느슨해졌다.

"아… 아앙… 선생님……."

그러고 보니 이름이 뭘까…….

의사일 뿐인 남자의 이름이 궁금해지다니… 내가 어떻게 된 게 분명하다.

네? 선생님… 이름이 뭐예요……?

"아키에 씨."

내가 말을 걸기 전에 왕 선생님이 먼저 내 이름을 불렀다.

그리고는 간질이는 것처럼 무릎을 어루만졌다.

"아앙……!"

"상상… 해 봤나요?"

에……?

아뇨… 아무것도…….

"이러면 안 되는데."

왕 선생님은 그렇게 말하더니 천천히 내 다리를 벌렸다.

"상상이 안 된다면… 실제로 해보는 수밖에 없군요."

3.

사람은 왜 아이를 갖기 위해
이렇게 파렴치한 일을 하지 않으면 안 되는 걸까.

"앗, 잠깐만⋯⋯!"
왕 선생님이 내 발목을 잡고 다리를 크게 벌렸다.
그 수치스러운 자세에 깜짝 놀란 내가 목소리를 높였다.
내 아랫도리가 천장을 향해 솟구쳤다.
왕 선생님의 눈앞에 나의 은밀한 부위가 외설스럽게 입을
벌렸다⋯⋯.
"보지 말아요⋯⋯!"
아직 해가 머무는 시각. 느슨하게 둘러진 커튼 사이로 들
어오는 빛은 충분히 밝았다.
부끄러운 곳을 이렇게 적나라하게 보이다니⋯⋯!
반사적으로 무릎을 오므리려고 했지만 쉽지 않았다.
다리를 잡고 있는 왕 선생님의 팔은 생각보다 더 강했다.
"가만히 있어요⋯⋯."
부드러운 목소리완 다르게, 발목을 잡은 손에는 힘이 들어
가 있었다.
"남편이랑 자주 하는 거잖아요⋯⋯?"
남편이랑 자주 하는 것. 죄책감에 등줄기가 서늘해졌다.
남편은 얌전한 플레이를 즐기는 편이었다. 하지만 점차 아

이가 생기지 않고 잠자리를 가지는 것이 의무가 되어가자, 짜증이 나는지 잠자리를 질려하기 시작했다.

그럼에도 내 몸을 가장 잘 알고 있는, 그리고 내가 가장 잘 알고 있는 것은 남편이었다.

아니야. 알고 있다.

내 아랫입술에 닿았던 그것은 크기도, 모양도, 온도조차도 남편의 그것과는 완전히 다르다는 것을….

"아… 선생님……! 정말로……."

정말로 넣을 건가요……?

도저히 물어볼 용기가 나지 않았다.

난 황급히 두 손으로 얼굴을 감쌌다.

"부끄러워요?"

일부러 나를 몰아세우는 것 같은 낮은 목소리.

짓궂은 질문.

가쁜 숨을 몰아쉬며 고개를 끄덕이는 것 외에 할 수 있는 게 없다.

왕 선생님은 슬쩍 몸을 숙이더니 내 귓가에 속삭였다.

"치료일 뿐이에요."

치료일 뿐이에요, 부인…….

당신의 몸속을 알기 위한…….

그렇게 말하면서도 왕 선생님은 금세 내 안으로 들어오진 않았다.

외설적인 물방울을 머금은 그의 분신 끝으로 내 동굴의 입구를 가볍게 자극했다.

"히익……! 아악……!"

그리고는 계곡의 갈라진 주름 사이로 그것을 약간만 밀어 넣었다가 다시 거둬갔다.

"으으응……! 앗! 하앗… 아, 아아……!"

반복해서 나의 은밀한 계곡을 건드리는 그의 축축한 분신.

상하로 움직이다가 조금 들어오다가… 그것을 반복하며 점차 내 몸을 뜨겁게 만든다.

"허리가 활처럼 휘는군요……."

재밌다는 듯 속삭이는 그의 목소리가 너무나 밉다.

"아앙… 몰라요……!"

관자놀이가 뜨겁다.

아니, 몸 전체가… 아랫도리가.

마음보다도 몸이 더 빨리 앞으로 일어날 일을 알아채고, 끈적끈적한 윤활유를 하염없이 내뿜었다.

그리고… 왠지 아랫도리가 쑤시는 것 같기까지 했다…….

"서, 선생님……!"

달아오른 몸을 어쩌지 못하고 거친 숨만 몰아쉬던 난 갑자기 불안해졌다.

계속해서 간질간질 애달프게만 만드는 그의 분신이 들어온다면… 어떻게 되는 거지?

"피, 피임은… 하시는 거죠…?"

왕 선생님이 씨익 웃었다.

"어라? 아이가 갖고 싶은 게 아니었나요?"

"에엣……! 그, 그건 그렇지만… 앗! 아아아앙……!"

갑자기 그의 물건이 몸속으로 밀려들어오는 바람에, 나는 그를 저지하려는 듯 황급히 팔을 내밀었다.

하지만 그 손은 속절없이 허공을 휘저을 뿐이었다.

"앗, 앗, 아… 아, 아, 아아아아아…!"

아… 크다……!

커다란 충격이 해일처럼 아랫도리를 강타했다. 흘러 들어오는 전율적인 감각에 허리가 절로 휘었다.

그 충격에 눈앞의 몸을 꼭 감싸 안았다. 그리고…….

"앗, 들어왔어… 들어왔어……. 아앗… 이, 이제 그만……! 선생님! …앗, 아, 아, 아아아……!"

성이 잔뜩 난 왕 선생님의 긴 물건이 연거푸 뿌리 끝까지 박히자 나는 비명을 지르며 몸부림쳤다.

그런 내게 비꼬는 것 같은 목소리가 들려왔다.

"외의로 무척 야한 분이셨군요, 부인……."

남편하고 그런 식으로 하시나요?

"아악……!"

수치심과 죄책감에 피가 거꾸로 솟는 것 같았다.

맞는 말이었다.

이건 남편이… 남편이 아직 날 진심으로 사랑하고 있을 때, 삽입된 걸 느낄 수 있겠냐고 매번 확인하는 바람에 버릇이 된 것이었다.

이렇게 소리쳐 주면 남편은 더욱더 신이 나 내 안으로 깊게 더 깊게 들어와 주었다.

"남의 아내를 안는 즐거움은 각별하군요."

방금 전까지 부드럽게 속삭이던 사람과는 딴 사람인 것처럼, 왕 선생님은 가학적인 미소를 띠며 날 바라봤다.

"여성의 몸에는 그 여성을 사랑했던 남자의 그림자가 드리워져요. 그래서 남자들이 처녀를 좋아하는 거죠……."

미소가 진하다.

"하지만 남의 여자의 몸에 진하게 드리워진 그 그림자를 지우는 것 또한 남자의 정복욕을 불러일으키는군요."

"아악! 하, 하지 말아요……!"

왜 그런 말을 하는 거지?

마치… 날 엉망으로 만들려는 사람처럼.

이건 치료인데……!

"악, 악, 아… 아하앙……!"

왕 선생님은 꼭 질투에 찬 것처럼 날 덮치더니, 허리를 들썩이며 거세게 내 안으로 밀고 들어왔다.

왕 선생님이 목덜미를 거칠게 빨고 가슴을 쥐어뜯을 것처럼 움켜쥐자, 난 참지 못하고 왕 선생님의 허리에 손톱을 세웠다.

그의 공격은 끊임없이 날 몰아쳐 대, 마치 한여름에 찾아간 바다에서 만난 파도 같았다.

거칠고 길게, 그리고 또 다시 거세게.

"아아아! 선생님……!"

"…아키에 씨……."

신음하는 듯 안타까운 목소리에 가슴이 떨렸다.

나를 원하고 있다.

치료가 아니다.

이 사람은 진짜로 나의 남편을 질투하고 있다.

진심으로 내 몸에 새로운 흔적을 새기려고 하고 있다…….

대체… 왜?

왕 선생님은 긴 팔로 날 휘감듯이 안더니, 자신의 분신을 삽입한 채로 날 안아 일으켰다.

둘 다 침대 위에 무릎을 세우고 선 자세가 되었다.

"으으응……! 아… 아악……!"

각도가 변해서 예민한 곳에 자극이 몰려오자 저절로 달뜬 신음이 터져 나왔다.

싫다. 부끄러워…….

기회를 놓치지 않고 왕 선생님이 물었다.

내 반응이 변했음을 금방 알아챈 것이다.

"여기가 좋아요……?"

네…….

차마 대답을 하지는 못했다.

대신 그의 어깨에 이마를 묻고 고개를 끄덕였다.

눈물이 흐를 만큼 기뻤다.

왜냐면…….

이렇게 그저 서로를 원하는 마음으로 가득 찬 섹스를 줄곧 잊고 있었다.

고개를 들었다.

희미하게 미소 짓는 왕 선생님의 입술이 다가왔다.

그의 등에 손을 두르니 땀이 배어났다. 지금 이 순간 당신 때문에 흥분하고 있다고, 날 안아달라고 재촉하듯이.

"아키에 씨, 좀 더……."

…혀를 내밀어요.

두 사람의 입술이 뜨거운 교합을 가졌다.

키스는 뜨거웠다.

불을 입안에 머금고 있는 듯, 그의 혀가 지나는 내 입의 모든 곳이 불타올랐다.

그 열기가 머리를 두들기자 아무 생각도 할 수가 없었다.

길고 긴 키스를 나누는 동안에도 단단한 왕 선생님의 팔은 가볍게 날 들쳐 올렸다. 그의 분신이 천천히 내 동굴 속을 오르락내리락했다.

숨을 제대로 쉴 수도 없을 만큼 강하게 밀착된 입술.

왕 선생님의 혀끝이 이빨을 하나하나 더듬듯 입안을 휘젓자, 짐승처럼 신음 소리가 비어져 나왔다.

꼭 안겨 있기 때문일까.

입술도, 은밀한 그곳도, 그의 혀와 분신이 들어와 있는 것뿐인데도, 왠지 몸도 마음도 이 사람과 이어진 것 같은 기분이 들었다.

난 온몸으로 눈앞의 육체에 매달렸다.

"아윽……! 하아……!"

또 각도가 변했다.

이번에는 골반 안쪽으로 강한 자극이 몰려왔다.

왕 선생님은 몸이 달아올라 어쩔 줄 모르는 나를 마치 공을 튕기듯 가볍게 들어 올렸다.

그 아래로 그의 허리가 거칠게 튀어 올라온다.

그때마다 그의 분신이 내 그곳으로 밀려 들어왔다…….

"아앗! 서, 선생님……! 저… 저, 이제 더 이상……!"

커다랗고 뜨거운 물건이 내 동굴 속을 찢어발길 듯 거칠게 헤집었다. 눈앞이 새하얘졌다.

"아, 왔어……! 온 것 같아……! 응? 나… 나 좀 어떻게 해 줘요……!"

몽롱한 눈으로 내뱉는, 절정을 애원하는 말.

하지만 돌아오는 말은 도리어 차가웠다.

"그것도 남편의 취향인가요?"

아앗……!

아랫도리가 불에 덴 듯 뜨거웠다. 난 스스로 허리를 흔들 어 세워서 그의 것을 안쪽까지 밀어 보냈다.

…부탁이야, 이제 그만 절정으로!

"아직 안 돼요."

왕 선생님은 날 안아 올리더니 그대로 침대를 내려가 일어 섰다.

이런 타이밍에 갑작스레 자세가 바뀔 줄은 몰랐다.

"아앗… 싫어……!"

당황해서 그의 목덜미를 꼭 부여잡았다.

싫어, 무서워……!

공중에 뜬 무섭고 불안정한 자세. 자신의 그것을 내 안에 집어넣은 채, 왕 선생님은 수월하게 방안을 가로질러 갔다.

"아앙! 아, 아아……!"

왕 선생님이 발을 뗄 때마다 떨어질 것 같아서 무서웠다.

그 와중에도 그의 분신은 내 안에 쉼없이 밀려 들어왔다.

내 몸을 떠받치는 그의 팔에만 꼭 의지할 수 밖에 없었다.

"서, 선생님……! 선생님……!"

날 떠나지 말아요.

이제 어떻게 돼도 좋아…….

어떻게 돼도 좋아…….

입을 맞추고 싶었지만 닿지 않았다. 팔에 힘이 들어가지 않았다.

그때 왕 선생님이 갑자기…….

창가로 걸어가서 커튼을 확 젖혔다.

"꺄앗……!"

나는 갑자기 쏟아져 들어오는 오후의 햇살에 동요했다.

적응은 빨랐다. 흥분해 있어도 그 햇살은 충분히 뜨거웠다.

무슨 일을 한 건지 몰라, 조심스레 창밖으로 눈을 돌렸다…….

"앗! 난 몰라……!!!"

깜짝 놀란 나는 다급히 얼굴을 돌렸다. 산뜻한 정원에는 아직 어린 소년들이 있었다.

정원을 청소하고 꽃에 물을 주며, 천진난만한 얼굴로 이야기를 나누고 있었다.

난 당황할 수밖에 없었다. 이런 건 생각조차 못했다.

"선생님, 어서 닫아줘요……!"

"후후, 눈치 못 챌 거예요. 아직 바깥이 더 환하니까 우리를 볼 수 없어요."

"거짓말! 다 보일 거예요, 이런 얇은 유리창에……!"

왕 선생님은 들은 체도 하지 않고 날 창틀에 앉혔다.

등으로 차가운 유리의 감촉이 날카롭게 느껴졌다.

"…움직이지 말아요. 유리가 깨질 수도 있으니까."

내 다리를 허공으로 들어 올린 불안정한 자세로 그는 애를 태우듯 천천히 움직이기 시작했다.

오므릴 수 없는 다리 사이로 그의 분신이 천천히, 천천히, 들어왔다가 빠져나갔다.

이것은 또 다른 각도에서 나에게 흥분감을 전해주었다.

난생처음 경험해 보는 체위와 상황에 수치스러워했던 것도 잠시, 난 평소보다 더 크게 소리를 치고 말았다.

"아아아… 아아… 아……!"

유리창이 덜컹덜컹 흔들리는 소리.

내가 내뱉는 달뜬 신음 소리.

"하앙… 하아아앙……!"

두 개의 소리가 방 안에 울려 퍼졌다.

바닥에 마치 십자가 같은 창틀의 그림자가 비쳤다.

등 뒤로 아름다운 정원과 잘생긴 소년들의 기척을 느끼면서, 나는 점점 의식이 멀어져 가는 것을 느꼈다.

"아키에 씨……. 정말… 아름다워요. 이대로 계속 보고 있었으면 좋겠어요……."

귓가에 속삭이는 그의 목소리에 가슴이 떨렸다.

그 안에는 솔직한 본능이 있었다.

남자로서, 한 인간으로서, 어느 한 남편의 부인이 아닌, 솔직한 한 여자로서 나를 보고 욕망하는 남자의 본능이 있었다.

고개를 끄덕였다.

이대로 계속 봐줘요…….

4.

피임을 했다는 말을 듣고 씁쓸한 기분이 들다니.

내가 어떻게 된 게 분명하다…….

"깼어요, 아키에 씨?"

코를 간질이는 민트향에 나는 천천히 눈을 떴다. 머리칼을 쓰다듬는 부드러운 손이 느껴졌다.

희미하던 시야가 선명해졌다.

좀 전까지 누구보다 뜨겁게 나를 안아줬던 남자의 얼굴.

왕 선생님이 미소를 띠고 나를 내려다보고 있었다.

"목마르죠? 민트 티 어떠세요?"

민트 티……?

섹스 후에 어울리지 않는 음료다. 동네 아줌마들과 쓸데없는 수다에 열을 올릴 때나 마시는 차 아닌가?

그런 생각을 하고 있자니 나도 모르게 웃음이 나왔다.

좀 전의 열락은 마치 거짓말이었던 것 같은 이 기분. 하지만 그 흔적은 지금도 내 몸에 남아 느껴지고 있다.

피식 웃음 짓는 날 보더니 왕 선생님은 고개를 갸웃거렸다.

"왜요? 민트 싫어하세요?"

"아뇨……. 왠지 의외다 싶어서요."

그렇게 격렬하게 관계를 가진 후 이렇게 차를 마시다니…….

하긴. 그럼 뭘 마셔야 하는 걸까?

왕 선생님이 내 어깨를 안아 일으켰다.

온몸에 힘이 쏙 빠져나간 느낌이었다. 힘을 주자면 줄 수 있지만, 굳이 그러고 싶지도 않은 기분.

관계를 마친 후에 난 주로 지쳐서 그대로 잠이 들고 만다.

그럼 남편은 맘대로 담배를 피운 후 목이 마르면 부엌에 가서 맥주를 마신다.

섹스가 끝난 이후의 우리 부부는 그렇게 메마른다.

그런데, 이렇게 사뭇 다른 대접을 받으니 또 다시 마음 한 구석에 온기가 스며들었다.

"…이렇게 해주니까 기분 좋은데요."

"다행이네요. 민트는 분노나 노여움을 진정시키고 기분을 느긋하게 만들어주죠."

왕 선생님은 내게 얇은 가운을 걸쳐주며 말했다.

가운을 걸치고 그가 내미는 민트티를 받아 한 모금 넘겼다.

따뜻한 향이 형체를 가진 듯 목구멍을 넘어가며 깊숙한 곳까지 열기를 전해주었다.

내가 불쑥 물었다.

"…남자한테도 그럴까요?"

"남편 분 때문에요?"

"네. 항상 안절부절못하는 성격이라……."

결혼 전에는 자상하고 상냥한 성격의 남편이었다.

하지만 지금은 무슨 일을 하더라도 조급해하고 불안해한다.

이유는 알고 있다.

나한테 애가 안 생겨서.

아니, 그 전에 섹스가 잘 안 돼서…….

"저도 이런 식으로 남편을 챙겨주면 되겠군요. 그럼 부부 사이도 조금은 좋아지겠죠……?"

"씩씩한 분이군요."

부드럽게 미소를 지은 왕 선생님이 내 등을 어루만졌다.

"개인적으로는 관계 후에 남자가 여자를 챙겨야 한다고 생각해요. 왜냐하면, 남자로서는 여자가 금방 움직이지 못할 정도로 축 늘어져 있는 게 훨씬 기쁘거든요."

왕 선생님은 장난스런 표정으로 그렇게 말했다.

"하지만 신경 써주신다면 물론 좋아하시겠죠. 가끔씩, 그리고 너무 신속하게 움직이지 않는 선에서."

여전히 장난스러운 어조는 있지만, 그 안에는 진심이 담겨 있었다.

남자로서, 그리고 의사로서 나를 걱정해 주고 있는 것

이다.

"후후. 알겠어요."

눈이 마주치니 부끄러웠다.

왕 선생님도 조금 멋쩍은 얼굴로 미소를 지었다.

이러고 있으니 전보다 조금 더 허물이 없어진 것 같았다.

괜히 부끄러워져서 민트 티 컵으로 코를 가져갔다.

이상한 기분이야…….

그래. 이상한 기분.

이건 치료인데…….

자꾸만 착각할 것 같다.

내 인생에 남자는 남편뿐이었고, 앞으로도 그럴 거라 여겼는데……. 그런데도 불구하고, 그만 착각해 버릴 것만 같다.

서둘러 다른 말을 꺼냈다.

"향기가 좋아요. 가슴까지 시원해지는 기분인데요?"

"그렇죠? 민트는 막힌 간의 기운을 뚫어준답니다."

"막힌 간의 기운?"

고개를 끄덕인 그의 어조가 조금 바뀌었다.

"네. 간장(肝臟)은 스트레스나 노여움이 쌓이는 기관이에요. 아키에 씨는 그 간의 기운이 막혀서 임신이 어려워진 거죠."

"에……?"

생각지도 못한 말이었다.

간장하고 임신이 관계가 있다고? 자궁이 아니라?

언뜻 이해가 안 간다는 표정을 짓는 내게 왕 선생님은 더

더욱 놀라운 말을 했다.

"실례지만 생리 전인가요? 가슴이 무척 부풀어 있던데."

"아, 예에……."

얼떨결에 대답해 버렸다.

"생리 전에는 항상 그런가요?"

"맞아요."

난 고개를 끄덕였다. 하지만 여자들은 다 그런 거 아닌가?

생리가 다가오면 가슴이 서서히 부풀고, 직전에는 아플 정도로 단단해지고…….

"일본 여성 중에는 그런 분들이 많죠. 하지만 원래는 그런 게 아니랍니다."

고개를 살짝 저어 보인 왕 선생님은 손가락을 들고 설명했다.

"한의학에서는 그걸 '경행유창' 이라고 부릅니다. 월경 직전부터 월경 전반에 걸쳐 가슴이 부풀거나 가슴에 통증을 느끼는 증상이죠."

별거 아니라고 생각했는데, 뭔가 대단한 이름이 나오자 절로 긴장이 되었다.

"그럼… 병인가요?"

"서양의학에서는 '월경전 증후군' 이라고 불러요. 들어봤죠?"

"아, 그건 들어본 적 있는 것 같아요. 신경이 예민해지거나 엄청 우울해지는 거죠? 사실은 저도 그런 경향이 좀 있거든요……."

주변의 친구들도 간혹 그런 경우가 있다. 그래서 보통 그런가 보다 하고 지금껏 지내왔는데……

"네. 맞아요. 두통이나 어깨 결림, 현기증 같은 게 생기죠. 남자는 이런 증상을 이해 못하기 때문에 생리 전의 여자를 짜증나는 존재 정도로 치부합니다만… 한의학에서는 주로 스트레스 때문에 간의 기운이 막혀서 생기는 증상으로 보죠."

왕 선생님은 배를, 간이 있는 부분을 가리키며 설명했다.

"원래 월경 전에는 자궁에 기혈이 집중되기 때문에 기운이 적체되기 쉬워요. 그렇기 때문에 간장 역시 기혈의 순환이 어려워지게 돼요."

"그래요?"

"거기에 오랜 시간에 걸쳐 스트레스, 분노를 동반한 충격, 우울증이 계속되면 더욱더 기운이 막혀서 간기울결(肝氣鬱結)이 되는 거죠."

또 다시 뭔지 모를 단어가 튀어나왔다.

"간기울결… 처음 듣는 말인데요."

"자주 있는 증상이에요. 특히 일본 사람들은 성실하고 참을성이 많아서."

왕 선생님이 싱긋 웃었다.

"저는 일본 사람들의 그런 국민성이 좋지만요. 하지만 지나치게 긴장하면서 살고 있다는 생각도 해요."

"그렇군요. 그래서요?"

내가 몸을 앞으로 내밀었다.

알고 싶었다.

왜 간장이 생리 전의 증상과 관계된 것인지.

그리고 왜 불임의 원인이 되는지…….

"자, 진정하세요."

조바심을 내는 듯한 내 태도를 읽었는지 왕 선생님이 등을 가볍게 쳤다.

민트 티를 한 모금 더 마시라는 이야기를 듣고, 차분하게 차를 넘겼다.

"아키에 씨도 지나치게 착실해요. 일본인 중에서도 더 특별히."

"궁금해서 그래요. 이해가 잘 안 가니까."

"자, 초조해하지 말고, 이번엔 향을 깊게 들이마셔 봐요."

나는 입을 다물고 민트 티 컵을 코로 가져갔다.

숨을 쭉 들이쉬자 상쾌한 향기가 스며들었다…….

"그래요. 천천히 얘기해요. 시간은 많으니까. …아니면, 혹시 급한 이유라도 있으신가요?"

그러고 보니 지금 몇 시더라. 이 치료원에 들어온 뒤로는 완전히 시간을 잊어버리고 있었다.

손목시계 같은 건 끼고 있지 않아서 방 안을 둘러봤지만, 역시 시계는 전혀 걸려 있지 않았다.

그렇게 눈을 돌리다 자연히 창밖으로 시선이 향했다.

"비……?"

언제부터 내렸는지 모르게, 창밖은 촉촉한 비가 내리고 있었다.

밝았던 바깥이 먹구름으로 어두워져 있었지만, 우중충하

다기보다 청량한 느낌을 전해주었다.

"네. 갑자기 내리네요."

"안 되는데. 우산이……. 그런데 지금 몇 시예요?"

"오후 세 시. 딱 차 마실 시간이네요."

시계도 없는데 시간을 말하는 데 거침이 없다.

왕 선생님이 창가로 걸어갔다.

촉촉하게 내리는 비와… 왕 선생님의 조용한 옆모습.

왠지 모르게 한 폭의 그림 같다.

멀리서 차를 마시며 그 그림을 조용히 감상하는, 그런 고귀한 인간이 된 것 같은 기분이었다.

"현대인은 뭐든지 서둘러요. 금방 결과를 얻으려고 하죠. 시간이 없어요. 게다가 집 안에는 오락거리가 산더미처럼 많아요. 텔레비전, 게임, 인터넷, 만화, 소설……."

왕 선생님이 말을 이어갔다.

저 너머 먼 곳을 응시하는 것 같은 눈동자.

가만히 바라보고만 있어도 그 눈동자에 무심코 빠져 버릴 것 같다.

"무척 풍요로운 세상이지만, 생각하기에 따라서는 옛날 사람들이 더 풍요로웠죠."

이렇게 비가 오는 날엔, 눈앞에 있는 것이라곤 서로의 몸밖에 없기에 몇 시간이고 성애에 몰두할 수 있었다고 왕 선생님은 말했다.

그저 몇 시간이고 성애에 몰두한다…….

상상이 잘 안 갔다.

행복할 것 같다는 생각은 들었지만…….

"그런데."

왕 선생님이 빙글 돌아섰다. 이미 익숙한, 약간은 장난스러운 미소에 가슴이 두근거렸다.

"속된 말 중에 장지랑 부부는 끼워야 낫는다는 말이 있어요."

"엣, 에에……!"

갑자기 그게 무슨 말이지……?

당황하는 내게 왕 선생님은 득의만만한 표정을 지었다.

"그건 정말 진리예요. 남녀가 말로 서로를 이해하는 건 어려워요. 특히 연애나 부부관계에 있어서는 더더욱."

"…뭐, 그런 것 같네요."

가만히 수긍할 수밖에 없다. 실제로 내가 그러니까.

"하지만 막상 살을 맞대고 보면 고집 피우던 마음이나 뒤틀린 기분도 눈 녹듯이 녹아버리죠."

"아아… 그래서 끼우라고…….'

속뜻을 알자 나도 몰래 피식 웃음이 배어나왔다.

입술에 손을 얹고 어깨를 들썩이며 웃는 내게 왕 선생님은 토라진 듯 입을 삐죽였다.

"아닌 것 같아요, 그럼?"

"아뇨. 맞아요."

기쁘게 고개를 끄덕였다.

"그렇죠? 오히려 살을 맞대기 위해 사람과 사람은 마음을 읽을 수 없게 된 것일지도 몰라요."

"재미있는 말씀이네요."

"그저 제 생각이에요."

빙긋이 웃는 왕 선생님의 얼굴에는 아이 같은 순수함이 있었다.

좀 전까지 그렇게 사내답게 나를 몰아붙이던, 그러한 남자의 향은 사라지고 그곳을 순수한 아이가 채우고 있다.

그런데도 그 모습에 가슴이 두근거린다. 아이 같은 순수한 눈에 무심코 마음이 떨린다.

왕 선생님이 나를 향해 걸어왔다.

그리고는 내 손에서 잔을 받아 탁자에 올려놨다.

거의 비워진 민트 티가 잔 안에서 찰랑였다.

그는 마치 춤을 청하는 것처럼 내 손을 잡고 일으켜 세우더니, 나를 가만히 감싸 안았다.

"아키에 씨…… 정말 아름다웠어요."

이 사람, 말을 너무 잘해…….

부끄러워서 고개를 들 수가 없었다.

하지만 마음이 한결 누그러지면서 어깨에 힘이 빠지는 게 느껴졌다.

그의 가슴에 몸을 기댔다. 마음속까지 따뜻해지는 것 같았다.

이건 민트 티 때문일까, 아니면 포옹의 효과일까.

아니면 이 품속이 특별히 따뜻한 걸까…?

"…아키에 씨. 몇 시까지 돌아가야 하죠?"

문득 왕 선생님이 물었다. 그의 온기를 온몸으로 느끼며 대답했다.

"…다섯 시쯤이요."

"그럼 디저트를 준비하죠. 당신의 몸과 마음이 편안해질 수 있도록. 불임과 간장의 관계는 그 다음에."

왕 선생님의 입술을 받아 삼키며, 나는 그의 어깨에 손을 살포시 얹었다.

꼭 연인에게 응석부리는 것처럼.

창밖은 비.

태어나서 처음으로 이대로 시간이 멈춰 버리면 좋겠다고 생각했다.

…남편이 있는데도.

5.

기분이 울적해지면 '기'가 막히고,

'기'가 막히면 '혈'도 막혀요.

참을성이 강한 여성은

특히 그런 경향이 현저하게 나타나죠.

"어머니, 차 내왔어요."

가게에서 옷감을 확인하고 있던 시어머니는 가볍게 콜록거리더니 한쪽 눈썹을 매섭게 치켜 올렸다.

"벌써 차 마실 시간이니?"

그렇게 대꾸하는 목소리에는 새된 감정이 스며들어 있었다.

언제나처럼 완고하고 고집스런 표정으로 나를 돌아본다.

"아직 일도 다 못 마쳤는데."

"어머, 죄송합니다."

몸을 움츠리고 생긋 웃으면서 차를 가지고 들어갔다

어차피 이미 잘못된 타이밍, 여기서 다시 물러나거나 하면 이번에는 '늦다', '눈치가 없다' 하고 또 다른 트집을 잡을 게 뻔하니까.

평소와 다른 감색 주전자에서 차를 따랐더니 역시나 시어머니의 미간에 주름이 잡힌다.

"이런. 중국차야?"

향만 맡고서 단번에 알아맞히는 건 늘 굉장하다고 생각한다.

"네. 오늘은 중국식 디저트도 만들어 봤어요."

"귀찮게 뭘 그런 걸 하니."

밉살스러운 말투에 일일이 마음 상해하면 한도 끝도 없다.

말은 저렇게 해도 그런 귀찮은 일을 좋아한다는 것을 알기에 별말 없이 차를 다 따랐다.

디저트를 담은 유리그릇을 내가자 시어머니는 또 퉁명스럽게 물었다.

"이게 뭐니?"

"매화꽃하고 흰목이버섯으로 만든 디저트예요."

투명한 꽃잎처럼 부들부들한 흰목이버섯. 시어머니가 약

간 언짢은 기색으로 말했다.

"흰목이버섯을 달게 먹는다고……?"

"중국에서는 그렇게 먹는대요. 약선 디저트예요."

"약선? 몸에 좋은 거?"

표정이 바뀐다.

좋은 반응이었기 때문에 난 왕 선생님에게 들은 대로 서둘러 설명했다.

"네. 강장작용이 있어서 피곤할 때 좋대요. 그리고 어머니, 요새 기침으로 고생하시잖아요?"

약간 샐쭉한 얼굴이었지만 좀 전과 다르게 말투가 눈에 띄게 누그러들었다.

"그래. 요새 계속 목구멍이 아릿하구나."

"이게 기침이나 목의 통증도 완화해 준대요. 한번 드셔보세요."

흐음…….

시어머니는 잠깐 의심스러운 눈초리로 날 쳐다봤다.

평소 같으면 우물쭈물하며 눈을 피했지만, 지금의 난 다르다. 그 눈길에 태연하게 생긋 미소를 지어 보였다.

숟가락으로 목이버섯을 떠서 주뼛주뼛 입으로 가져가서 한입 먹어보던 시어머니가 눈을 크게 떴다. 마음에 드는 눈치이다.

"입에 맞으세요?"

"뭐, 나쁘진 않구나."

분명 좋은 반응이었음에도, 입에서 나오는 말에는 가시를

접을 줄 모른다.

시어머니는 항상 저렇게 밉살스러운 말투로 나를 대했다. 익숙한데도, 익숙해지지 않는 말투에 상처를 받곤 했다.

하지만 오늘은 별로 화가 나지 않았다.

왕 선생에게 처방받은 가미소요산(加味逍遙散) 덕분일까.

난 그날의 왕 선생님의 모습을 다시 한 번 머릿속으로 그려보았다.

「일본에는 츠보우치 쇼요(坪內逍遙)라는 메이지 시대의 작가가 있다죠?」

약 봉투를 건네며 왕 선생님이 말했다.

「쇼요의 한자어 '소요(逍遙)'는 내키는 대로 이리저리 걷는다는 뜻이에요. 역시 대문호다운 운치 있는 필명이에요. 아키에 씨도 긴장을 조금 풀고, 느긋한 마음으로 하루하루를 보내는 게 좋아요.」

느긋하게… 하루하루…….

그래, 만약 오늘 같은 시간이 계속 이어질 수 있다면, 나도 좀 더 가볍고 편한 사람이 될 수 있을 텐데.

그러더니 왕 선생님은 내 하복부로 눈길을 돌렸다.

「아이를 가지는 데에 신체상으로는 아무 문제 없습니다. 불임에는 여러 가지 이유가 있습니다만, 아키에 씨의 경우는 스트레스에 의한 간기울결(肝氣鬱結) 때문입니다.」

「스트레스 때문에…….」

나도 모르는 사이에, 내 몸에는 그렇게나 스트레스가 쌓여 있던 모양이었다.

「네. 간의 기운이 울결, 즉 막히게 되면 위장에도 장애가 오기 때문에 기혈이 충분히 생성될 수 없어요. 한의학에서는 체내의 기혈의 통로를 '경락' 이라고 부르는데…….」

어려운 용어들 때문에 정신을 못 차리는 내게 왕 선생님은 알기 쉽게 설명해 주었다.

「간과 위는 그 경락을 통해 유두나 유방에 연결되어 있어 요. 그러니까 거기가 막히면 유방이 부풀거나 통증을 느끼게 되는 거죠.」

「그렇군요…….」

단순히 생리전 증후군인 줄만 알았던 것들도 모두 간의 문 제라는 것이었다.

설명을 듣고 있자니, 왠지 그동안의 건강 문제들이 자연스 레 이해가 되었다.

「그리고 경락은 생식기와도 연결되어 있어요. 그렇기 때문 에 간의 기운이 막히면 불임이 되기도 하는 거예요.」

하나같이 정말 의외인 이야기였다. 게다가 모든 원인이 스 트레스라니…….

나는 씁쓸한 마음에 한숨을 내뱉었다.

「이게 다 시어머니 때문이에요. 고자세에 어딘가 밉살스러 운 분이거든요.」

그동안 시어머니가 내게 쏟아낸 말들이 스쳐 지나갔다.

「어서 손주를 내놓으라면서 날 몰아세우고, 일일이 간섭하 시는 바람에 오히려 아이를 가지기 힘들었어요…….」

「마음고생은 충분히 이해합니다. 간의 기운을 뚫어주는 가미소요산을 처방해 드릴게요.」

거기서 왕 선생님은 일단 말을 멈추고 나를 물끄러미 쳐다봤다.

「하지만 저는 꼭 타인의 문제만은 아닌, 본인의 마음가짐에도 원인이 있다고 생각합니다. 아키에 씨.」

「엣……?」

그것은 약간은 진지하게 혼을 내는 말투였다.

「목·화·토·금·수의 오행사상에 입각해서 보았을 때, 간장은 '목'에 해당하죠.」

그림을 그리듯 자신의 배 위에서 손가락을 움직이는 왕 선생님.

「나무의 가지가 하늘을 향해 거침없이 뻗어 나가는 것처럼, 간의 기운도 자유롭게 뻗어 나가야 합니다. 아키에 씨, 스스로를 너무 답답한 상태로 두지 마세요. 언제나 마음속에 쭉쭉 뻗어 나가는 나뭇가지를 상상하세요. 그리고, 자신이 선택한 인생을 부디 마음속 깊이 즐기세요.」

"그런데, 애야."

디저트를 순식간에 먹어치운 시어머니가 천천히 중국차를 마시며 한숨을 내쉬었다.

"내 건강을 걱정해 주는 건 고맙지만, 그보다도……."

아아. 또 한바탕 시작이군.

무슨 이야기를 하실지는 뻔하다.

언제나라면 가슴이 꽉 막힌 것처럼 답답했을 것이다.

하지만 오늘은……

"어머니. 이 디저트, 아이 문제를 상담한 한의사 선생님이 가르쳐 주신 거예요."

"오오, 의사를 찾아갔었니?"

시어머니의 표정이 눈에 띄게 밝아진다.

"네. 아무래도 상담을 받아보면 좋을 것 같아서요."

시어머니가 만족스러운 듯 고개를 끄덕였다.

어떤 진찰이었는지 알게 된다면 뒤로 넘어가겠지.

마음속으로 몰래 웃으면서 설명을 이어갔다.

"여기에 녹악매라는 한약재가 들어가 있어요. 매화꽃의 꽃봉오리를 말린 약재래요."

"헤에. 매화꽃이라. 그걸 먹으면 아이가 들어서기 쉽다니?"

"그렇게 직접적이진 않지만……."

간과 위의 기운을 순환시키는 작용이 있다고 왕 선생님은 말했다.

"아마… 그럴 거예요."

나름의 확신 어린 말투로 빙긋 웃으며 말했다.

"쯧쯧, 저 느긋한 것 보소. 나는 시간이 없단 말이다. 언제 저승사자가 데리러 올지도 모르는데……."

그렇게 말하는 사람 치고 오래 못 사는 사람 없더라.

나는 머릿속으로 투덜거리면서 겉으로는 조용히 미소 지었다.

"체질 개선에 도움이 되는 식재료도 많이 알아왔어요. 식생활부터 확실히 바꿔보려고요."

그래도 며느리가 이렇게 노력하고 있는데, 그 앞에서도 미운 말을 해댄다면 정말 인간적으로 힘든 사람이리라.

"그래. 제발 잘해봐라."

"네. 실망 안 하시게 열심히 할게요. 어머니가 고생해서 지켜온 가게잖아요. 저도 훌륭한 자손을 낳아서……."

술술 얘기하면서도 머릿속 한쪽에서는 의문이 구름처럼 뭉게뭉게 피어올랐다.

그게 정말 내가 원하는 것인가?

하지만 이내 그 구름을 밀어내 버렸다.

언제나처럼.

*　　　*　　　*

밤.

욕조에 낀 물때를 깨끗하게 닦고, 따뜻한 물에 몸을 담갔다.

팔을 문지르는데 왠지 피부가 반들거리는 것처럼 느껴졌다.

왕 선생님 덕분인가.

그렇게 생각하면서 혼자 볼을 붉혔다.

그가 해준 처방도, 그날 있었던 뜨거웠던 치료의 시간도

새록새록 다시 떠올랐다.

「성애를 통해 서로 음양의 에너지를 보충하면 젊음과 아름다움을 유지하는 데에도 도움이 됩니다.」

그 사람은 어떻게 그런 치료를 하고 있는 것일까.

왜 중국이 아닌 일본에서.

…어느 환자한테든 그런 식으로 해주는 걸까?

정열적인 행위도, 그다음의 정다운 시간도…….

치료라고 하기에는 너무도 진심 같았는데…….

게다가 치료비도 약값만 받는 정도에 그쳤으니…….

설마 그 사람, 날…….

"설마……!"

나는 이상한 생각을 떨쳐 버리고자 욕조에서 벌떡 일어섰다.

몸에 묻은 물기를 닦으면서 거울로 전신을 비춰보며 피부 상태를 확인했다.

혹시나 치료의 자국이라도 남아 있다면 큰일이다.

아무리 치료라고 설명해도, 분명 남자로서는 받아들일 수 없는 설명일 테니까.

내일 출장에서 돌아올 남편에게는 보여선 안 되는 모습인 것이다.

남편은 요 며칠 도쿄의 염색물 장인에게 가 있었다.

출장이라면 출장, 혹은 수련이라고 해도 좋으리라.

평소에는 집에서 작업에 매진하기 때문에 집을 비울 타이밍이 없다. 그런데 이번에 겨우 틈이 났다.

그래서 그동안 낸 용기로, 풍문으로 들었던 왕 선생님의 진료실을 찾아간 것이었는데…….

"왕 선생님……."

살며시 내 가슴을 쥐어봤다.

그 사람이 했던 것처럼, 손가락으로 부드럽게 윤곽을 따라 더듬었다.

그리고 가슴을 어루만지며 조심스레 유두를 비틀면서…….

"아아……."

나직하게 신음을 내뱉은 순간…….

달칵!

갑자기 문이 열리는 바람에 난 소리를 지르며 가슴을 감쌌다.

커다란 그림자가 문앞에 드리워져 있었다.

거기 서 있는 건…….

"여, 여보! 내일 돌아온다고 하지 않았어요?!"

분명 오늘까지 도쿄에 있을 예정이었던 남편이었다.

넥타이를 풀어헤친 차림의 남편이 음흉하게 웃었다.

"하하. 혼자 집에 있으면 무서울 것 같아서. 놀랐어?"

"아… 네에……."

대답하면서도 그렇지 않다고 마음속으로만 부정했다.

"후후. 거울 앞에서 혼자 뭐하고 있었어? 아키에……."

탁!

문을 닫은 남편이 다가온다.

남편이 뒤에서 날 감싸 안았다. 술 냄새가 확 끼쳤다.

"취했어요……?"

"딱 한 잔 마셨어. 응? 아키에……."

남편의 손이 내 몸을 쓰다듬기 시작했다. 왕 선생님과는 다른, 조금은 힘이 들어간 손길.

허리 언저리에서 맴돌던 손이 천천히 호를 그리며 배를 지나 가슴께로 올라왔다.

남편의 두툼한 손이 가슴을 가득 쥐었다.

"내가 없어서 외로웠어? 응? 응?"

술 때문인지 유달리 응석을 부리는 것 같은 남편의 목소리.

남편이 목덜미를 깨무는 바람에 등줄기를 타고 전율이 확 올랐다.

순간 왕 선생님의 말을 떠올렸다.

살을 맞대면 뒤틀린 마음도 녹아버린다…….

"응… 외로웠어요……."

굳은 몸을 남편에게 맡기고 깊이 숨을 들이쉬며 눈을 감았다.

왕 선생님…….

혹시 마음이 녹지 않으면… 전 어떡해야 하죠……?

6.

"여보, 하지 말아요……."

내던지듯이 나를 쓰러뜨리고 뒤에서부터 덮쳐 오는 남편을 목소리를 낮춰 말렸다.

"안 돼요, 이런 데서……! 어머니께 들리기라도 하면……!"

"들으라고 하지."

간단히 대꾸한다. 그런 곤란한 상황 따위 안중에도 없다는 태도였다.

저항하는 날 누르며, 남편은 급히 벨트를 풀었다.

술을 마신 탓인지 평소보다 더 강압적이고 막무가내였다.

"어머니도 기뻐할 거야. 아이 만드는 데 열심이라고."

"아, 안 돼요……."

"쉿! 금방 끝나."

안 돼……!

이런 거……!

남편이 거칠게 가슴을 움켜쥐는 바람에 덜미가 젖혀졌다.

이런 거, 싫어!

그렇게 생각했지만…….

"…아학……!"

남편은 단단히 성이 난 자신의 물건을 젖지도 않은 그곳으로 우악스럽게 밀어 넣었다.

난 예리한 통증에 얼굴을 찡그렸다.

하지만 왠지…….

"아아아… 하앗……!"

금방이라도 찢어질 듯 억지로 틈을 내준 내 동굴.

그곳을 비비는 뜨거운 감각.

"헤헤… 갑자기 젖기 시작하는데? 그렇게 외로웠어?"

상스러운 남편의 목소리마저 왠지 피를 솟구치게 했다.

내 안의, 어쩔 수 없는 여자로서의 피를.

"여, 여보……! 그만… 아, 아학……!"

절로 허리가 움직이려 한다. 꿈틀대는 내 허리를 남편이
붙잡았다.

"움직이지 마. 가만히 있어."

남편이 날카롭게 쏘아붙이더니 거칠게 가슴을 주물렀다.

"앗, 아아… 아아앗……. 아, 아, 아아… 아……!"

내 아랫도리로 남편의 단단한 그것이 드나들었다.

좌로 우로 머리를 흔들어대며, 게걸스럽게 몸 안을 휘저었
다.

"웃! 조, 조여들어… 조여들고 있어, 아키에……!"

"여, 여보……! 아, 아학……!"

마루의 차가운 감촉과, 욕조에서 흘러나오는 뜨거운 훈기.

왕 선생님과는 전혀 다른, 남편의 투박한 손길…….

하지만.

"아아아……!"

익숙한 손길에 반응하며, 나는 마루에 엎드린 채로 몸부림
쳤다.

"으으응… 아! 아학! 여, 여보, 나……."

무심결에 몸을 모로 꼬며 애원하고 만다.

나의 깊숙한 곳을 두들기는 남편의 행위에는 욕정이 가득하여, 왕 선생님의 배려 섞인 움직임과는 전혀 달랐다.

그럼에도 불구하고 내 허리는 튕겨 오르며 연신 남편의 것을 받아들였다.

"아직이야. 좀 더 참아."

흥분한 듯 거친 숨을 몰아쉬며, 남편이 쉬지 않고 허리를 놀렸다.

"아, 왔어……! 온 것 같아……! 응? 나… 나 좀 어떻게 해 줘요……!"

밖으로 들리면 안 된다는 일말의 이성을 붙잡고, 낮은 소리로 외치며 허리를 흔든다.

머리 한쪽으로 매력적인 목소리가 지나갔다.

「그것도 남편의 취향인가요?」

몽롱한 머릿속에 들리는 왕 선생님의 목소리.

그래요. 남편의 취향이에요.

이런 식으로 절정의 순간을 애원하는 게, 언제부터인가 남편에게 훈련받은 내 버릇…….

"여, 여보! 부탁… 부탁이에요……! 나, 이, 이제 그만……! 악! 악! 아아……!"

아아아아아아아아앙……!

몸을 젖힌 내 안에서 남편의 분신이 크게 한 번 더 부풀더니 정액을 뿜어냈다.

"우, 우우……!"

"아으으으으……."

자궁에 남편의 씨앗이 퍼지는 느낌. 몸이 파르르 떨렸다.

아, 될 것 같아…….

"하아… 하아, 하아……."

거친 숨을 몰아쉬며 남편이 내 등 뒤로 무너져 내렸다.

그 무게를 이겨내지 못하고 나도 바닥에 엎드렸다.

마룻바닥에 겹쳐 엎드린 채로 우리는 서로 가쁘게 숨만 몰아쉴 뿐이었다.

흥분하여 달려든 것치곤… 너무나 짧은 성교.

혹시 이걸로 아이가 생긴다면 지금까지 고민한 게 어이없을 것 같아.

욕실 앞 마룻바닥에서 이렇게 황당하게…….

피식 웃음을 흘리는 내게 남편이 몸을 일으키며 무뚝뚝하게 물었다.

"…뭐가 그렇게 재미있어?"

"아니……. 성질도 참 급하다는 생각에."

머릿속에 떠오르는 생각을 뒤로 슬그머니 밀어내고 다른 이야기를 한다.

"시끄러. 참고 있었단 말이야."

남편이 내 옆으로 돌아누우며 중얼거렸다.

"자위도 안 하고 참았단 말이야. 진한 놈들이니까 이번엔 꼭 될 거야."

어머…….

의외로 귀여운 소리도 하는구나.

난 남편의 어깨에 뺨을 기댔다.

"자유의 날개를 펼치고 싶지 않았어요? 오랜만의 출장인데."

일이 일이다 보니, 답답한 것은 나뿐만은 아닐 것이다. 남자들이란 기회만 있으면 자유롭고 싶어질 텐데.

하지만 남편은 퉁명스레 대꾸했다.

"바보. 당신야말로 얌전히 있었지?"

"…네. 당연하죠."

나도 이런 연기를 할 수가 있구나.

그렇게 생각하면서 남편의 가슴에 팔을 둘렀다.

한 장 걸쳐져 있는 셔츠 너머로 온전히 그의 피부가 느껴졌다.

연애하던 시절의 그 탄탄하던 가슴은 온데간데없다.

늘어진 배가 가슴보다 더 나와 있을 지경이다.

언젠가부터 이런 감촉도 매우 익숙해진 것 같다.

"…의사 선생님한테 갔었어요."

조심스레 이야기를 꺼냈다. 그에게서 들리는 심장 소리가 조금 움찔 놀라며 빠르게 박동하기 시작했다.

"…불임이래?"

"모르겠어요. 한의사라…….."

감정을 숨긴 채 이야기를 한다.

당신보다 훨씬 멋있는.

부드럽고, 격렬하고, 정열적인…….

그런 말은 물론 숨긴다.

"그래서. 의사가 뭐래?"

"스트레스래요. 간 기능이 어쩌고……."

어떤 문제가 있는지 충분히 설명하려 했지만, 남편은 들어주지 않았다.

"간 기능? 뭐야, 그게."

남편이 몸을 일으켰다.

아직 열려 있는 바지 지퍼 사이로 남편의 분신이 축 늘어져 있었다.

"나라면 몰라도. 당신은 술도 안 마시는데 간 기능이 왜 안좋아?"

"그러니까, 스트레스가……."

"씻을게."

남편이 짜증스러운 듯 셔츠를 벗었다. 듣기 싫은 얘기인거다.

예전부터 그랬다.

아니, 아이가 생기지 않는다는 걸 자각하면서부터였다.

연애 시절에는 내 이야기도 잘 들어주는 자상한 사람이었는데, 언젠가부터 내 이야기는 귓등으로 흘리고 만다.

"당신도 들어와."

"네."

언제나처럼 어지러이 벗어놓은 와이셔츠나 양말 등을 모아서 옷바구니에 넣고, 난 남편을 따라 욕실로 들어갔다.

남편은 출장에서 묻혀온 먼지, 그리고 흘린 땀들을 씻어내고 있었다.

　뒤에 앉아 그 모습을 가만히 지켜보았다.

　이런 게 행복하다고 느낀 시절도 있었다.

　비누로 살을 대충 닦아내고 바가지로 물을 첨벙첨벙 뿌린다.

　그런 모습마저 남자답게 보인 시절이 있었다.

　가만히 그런 모습을 보고 있자니, 내 시선을 느꼈는지 거울로 눈이 마주쳤다.

　"응? 왜 그래."

　"당신… 나랑 결혼하고 후회한 적 없어요?"

　남편이 눈을 둥그렇게 떴다.

　등에 물을 끼얹으려던 것을 멈추고 그가 고개를 돌렸다.

　"왜 그래? 갑자기."

　"아니… 그렇잖아요. 난… 애도 잘 안 생기니까."

　이런 걸 바란 게 아니라고…

　당신은 그렇게 생각한 적 없어요……?

　남편이 입술을 일그러뜨렸다.

　"진찰 받았다며? 그럼 지금이라도 안 늦었어."

　"하지만……."

　"우물쭈물 말하지 마. 새삼스럽게 이제 와서 뭘 어쩌자고."

　그런 말을 듣고 싶었던 게 아니다.

　내가 듣고 싶었던 것은…….

　남편은 욕조에 몸을 담근 뒤 토라진 것처럼 무뚝뚝하게 내 팔을 잡아당겼다. 토라질 사람은 당신이 아닌데.

"어서."

난 고개를 끄덕이고, 조심스레 욕조에 들어가 남편의 가슴에 몸을 기댔다.

연애 시절부터 남편은 이런 자세를 좋아했었다. 다소 거리감이 생긴 지금도, 나도 이 자세에서 안정감을 느낀다.

서툰 사람.

하지만 다정할 때도 있다.

등 뒤에서 익숙한 온기가 전해져 온다.

지난 몇 년간 묵묵히 내 뒤에 있어준 그 온기에 새삼스레 가슴이 떨렸다.

"내가 복에 겨웠지……."

"응? 뭐라고?"

"아니에요……."

왕 선생한테 안겼을 때 봤던, 마루에 옅게 비친 십자가 모양의 그림자를 떠올렸다.

그리고 들려오는 목소리.

「스스로를 너무 답답한 상태로 두지 마세요.」

등 뒤의 온기와, 머리 한구석에 들리는 목소리가 뒤섞여 혼란스러웠다.

나무의 가지가 하늘로 뻗어 나가듯 자유롭게?

나한테는 용납되지 않는 일이다. 일단 여기를 나가서 달리

갈 데도 없고…….

복잡해지는 머릿속을 애써 무시하고서 남편의 가슴에 더 깊게 등을 기댔다.

좀 전까지만 해도 어지럽혀져 있던 그의 외모가 깔끔해져 있다.

남편의 어깨에 기댄 채로 말끔히 면도가 된 턱을 쓰다듬었다.

"…출장 다녀오느라 고생했어요. 일은 잘 풀렸어요?"

"아아. 엄청 완고한 양반이더라고. 생각이 낡아빠졌어!"

정말 낡은 생각을 가지고 있는 어머니를 둔 자식으로서 투덜댈 일은 아닌 것 같지만…….

속으로 고개를 저으며 눈을 감았다.

나 역시 내가 선택한 일을 후회하고 싶지 않다.

남편을 떠받치며 살아간다.

이 집안에 들어올 때 그렇게 결심했었고, 지금도 그걸 지켜 나갈 생각이었다.

몸을 비틀어서 열이 오른 목덜미로 입술을 가져가니, 남편이 어색하게 웃었다.

"뭐야. 오늘 굉장히 예쁘게 구는데?"

"실례예요. 항상 예뻤다고요."

"그런가?"

남편의 손이 다시 내 가슴으로 미끄러져 들어왔다.

힘없이 처져 있던 남편의 분신이 고개를 빳빳이 세우기 시작하는 게 느껴졌다.

확실히 출장 동안 떨어져 있던 여파가 있는지, 회복되는 게 평소보다 빨랐다.

"당신… 오늘 왠지 섹시해……."

남편이 내 목덜미에 진하게 입을 맞추었다.

등줄기를 타고 전율이 끼쳤다. 남편의 애무는 끝나지 않았다.

이어서 빨고, 핥고, 깨물고…….

"아… 하앙…"

"이것 봐. 오늘은 신음 소리도 섹시해……."

남편의 손에 몸을 맡기며, 난 성애의 기쁨을 일깨워 준 그 사람을 생각했다.

"여보, 넣어줘요……."

내가 평소보다 섹시하다면, 그것은 그 사람 덕분이에요…….

7.

아이 생각은 일단 잊고,
남편과 그저 살을 맞대보세요.
연애할 때처럼.

「그저 살을…….」

「네. 뜻대로 안 돼서 괴롭겠지만, 일단은 긴장을 풀고 즐기는 거예요.」

간단하게 들리지만 어려운 말이었다. 나한테는 특히.

낯빛이 어두워진다. 내가 생각해도 지금 내 표정은 그리 좋지 않을 것 같았다

「…제가 너무 안달을 내는 건가요?」

왕 선생님이 깊고 그윽한 눈으로 나를 돌아보았다.

「마음은 충분히 이해합니다. 아키에 씨. 하지만 행운은 누워서 기다리라는 말도 있잖아요.」

느긋하긴.

환자의 마음을 이해해 주는 건 고맙지만, 그런 간단한 처방으로 괜찮은 걸까.

그렇게 생각하는 내 마음을 아는지 모르는지 왕 선생님은 눈을 가늘게 뜨며 민트 티의 향기를 음미했다.

그리고는 창밖으로 시선을 돌렸다.

「비가 그쳤군요.」

그 순간, 말할 수 없는 쓸쓸함이 몰려왔다.

「슬슬… 갈 준비를 해야겠네요…….」

분명 아쉬움이 듬뿍 담긴 목소리일 거라고 생각했다.

한 남자와의 헤어짐이 이렇게 아쉬우리라고는 생각지도 못했는데.

하지만 왕 선생님은 '천천히 하십시오' 하고 빙긋 웃을 뿐이었다.

「무지개가 떴어요. 저것 보세요.」

왕 선생님은 아이처럼 좋아하며 내 손을 잡고 창가로 이끌었다.

잘 손질된 정원의 나무에 맺힌 비의 물방울.

그리고 하늘 저편에 걸린 일곱 색깔 다리.

무지개를 본 게 몇 년 만이지⋯⋯?

「⋯아름답네요.」

왕 선생님과 있으면 자꾸 학창시절이 떠올랐다.

아직 아무것도 모르고, 고민마저 추상적이었던 그때.

그렇다고 지금의 고민이 사라진 것은 아니지만, 무척 여유로운 시간이었다.

⋯이대로 집에 돌아가고 싶지 않을 만큼.

「아직 시간 괜찮죠?」

왕 선생님이 물었다.

「⋯네. 약간은 여유가 있어요.」

이런 대화도 그립다.

남편과 연애하던 시절, 조금만 더 있자고 투정부리는 남편이 좋아서 항상 통금시간을 원래보다 조금 더 빨리 얘기하곤 했었다.

「다행이네요. 디저트가 하나 더 있거든요.」

왕 선생님이 손뼉을 치자 치료원에 처음 왔을 때 만난, 왕 선생님의 제자라고 하던 소년들이 떠들썩하게 등장했다.

나는 다시 현실로 돌아왔다.

⋯그래. 이건 치료였지.

하지만……

너무나 즐거웠던,
비 갠 오후.

이제 계절이 바뀔 것 같은데
아직도 마음속에서 떠나질 않는다……

*　　　*　　　*

"으응… 아… 아학! 여보… 너, 너무… 좋아… 아항!"

남편의 분신을 깊이 받아 넣은 채로, 난 허리를 흔들며 가슴을 내미는 것처럼 등줄기를 젖혔다.

"…크윽! 아키에… 아키에……!"

남편이 허리를 꽉 붙들었다.

남편의 분신이 아래에서부터 들썩이며 치고 들어오자, 괴로움인지 쾌락인지 모를 이상한 감각에 또다시 비명을 내질러야 했다.

몸은 남편의 커다란 물건을 받아들이며 기뻐 날뛰고 있었다.

그 사람 것이 훨씬 컸지만… 자꾸 그런 생각 하면 안 돼!

죄책감에 식은땀을 닦아내며, 나는 남편 쪽으로 몸을 기울였다.

어떡해, 평소보다 더 흥분되어… 도저히 참을 수가 없

어…….

남편의 가슴에 입을 맞추고, 작은 유두에 혀끝을 갖다 댔다.

"후아… 아… 아아……!"

남편이 딴 사람이 된 것처럼 몸부림쳤다.

귀여워…….

이렇게 헐떡이는 남편은 지금껏 본 적이 없다.

남편의 어깨를 누르고 딱딱하게 솟은 유두를 혀로 할짝할짝 간질였다.

이렇게 해보는 건 처음이었다.

"하… 하지 마……!"

남편이 몸을 뒤틀며 내 팔을 잡았다. 하지만…….

"후… 앗… 아아……!"

유두를 핥자 여자처럼 정신없이 얼굴을 찡그리며 버둥거렸다.

묘하게 고조된 감정에 이끌려, 난 아랫도리를 강하게 조이면서 앞뒤로 격렬하게 허리를 놀렸다.

"우아악… 아, 아키에……! 기, 기다려! 나와… 나올 것 같아……!"

"그래요, 여보, 어서……!"

난 마음껏 음탕한 말을 던지며 남편의 것을 조였다.

깔린 채로 끝내는 것은 남편의 자존심이 용납을 하지 않는 것 같았다.

남편은 어떻게든 자세를 뒤집으려고 안간힘을 썼다.

하지만 내가 유두를 빨면서 손가락으로 귓불을 애무하니 또 다시 젖은 신음을 내뱉었다.

"크으… 으… 아아아아아!"

남편의 허리가 세차게 휘더니, 그 욕망이 내 안으로 분출됐다.

"아아! 아, 아……!"

나오고 있어……. 나왔어…….

뜨거운 무언가가 뱃속에서 퍼져 나가는 느낌에, 절정과는 또 다른 쾌감이 척추를 흔들었다.

가슴속에서 왕 선생님의 목소리가 들렸다.

「그려봐요…….

그의 씨앗이 당신 몸 안에 들어가 결합하는 거예요…….」

"하아, 하아… 하아!"

사정을 끝낸 남편이 거친 숨을 몰아쉬며 느릿느릿 몸을 일으켜 그것을 빼내려고 했다.

"기다려요. 아직 조금 더……."

평소 같으면 나도 그랬겠지만, 오늘은 다르다.

일어서려는 그의 어깨를 붙잡아 다시 눕히고, 그의 가슴 위에 엎드렸다.

조금 더 여운을 즐기고 싶었다.

눈을 감고 아직 거칠게 위아래로 움직이는 남편의 가슴에 몸을 기댔다.

"무거워."

그렇게 말하면서도 남편은 가만히 있었다. 조금 뒤 내 등에 그의 손이 올라왔다.

"…이상한 기분이야."

그렇게 중얼대는 목소리는 묘하게 들떠 있는 것 같기도, 가라앉아 있는 것 같기도 했다.

"…싫었어요?"

깜짝 놀라서 급히 몸을 일으켰다.

그 반동으로 남편의 물건이 빠져나가는 바람에 앗, 하고 작은 비명을 질렀다.

그런 날 올려다보며 남편이 멋쩍은 표정을 지었다.

"…아니 뭐, 가끔은 괜찮을 것 같아."

몸 안에 갓 들어온 따뜻한 액체가 허벅지 안쪽으로 주르륵 흘렀다.

익숙해진 감각이지만, 왠지 오늘만은 그 사실이 조금 아쉬웠다.

나는 그걸 손가락으로 무심히 문지르며 중얼거렸다.

"좀 더 즐기라고 하더라고요. …의사 선생님이."

"그럼 다음엔 채찍?"

"그런 말이 아니잖아요!"

정말.

가슴을 탁 치니 남편이 허허 웃으며 일어섰다.

"맥주 가지고 올게."

"선반에 안주 있어요."

"그래?"

서둘러 부엌으로 향하는 등.

돌아와서는 담배 한 대.

정말이지 무드 없긴. 이럴 땐 부드럽게 안고 같이 여운을 즐겨줘야지.

그렇게 생각하면서도, 안주를 먹으며 깜짝 놀라는 남편을 나는 흐뭇한 눈으로 바라봤다.

"오! 맛있는데, 이거?"

"호두조림이에요. 한번 만들어봤어요."

"호오. 대단한데."

남편은 손을 쉬지 않고 호두조림을 오독오독 씹어 먹었다.

침대에 누운 채로 난 남편의 허리를 가만히 쓰다듬었다.

"간단해요. 흑설탕하고 물을 중불에서 졸인 다음 볶은 호두를 넣으면 돼요."

남편이 고개를 끄덕끄덕 거리며 내 이야기를 듣는다.

"그리곤 약한 불에서 나무주걱으로 저어가며 캐러멜리제."

"캐러멜리제?"

손으로 젓는 시늉을 해 보였다.

"설탕물을 졸여서 조청 색깔로 만드는 걸 그렇게 불러요."

"흐응……."

알 듯 모를 듯한 것 같은 목소리. 재미없는 얘기일까? 요리를 모르니 그럴 수도 있겠다.

난 설명을 줄여서 마무리했다.

"마지막으로 검은깨를 섞어주면 돼요. 몸에 좋거든요."

"깨가?"

"호두도. 정력을 유지시켜 준대요. 신장도 강하게 해줘서 조루를 막아주고요."

남편이 깜짝 놀라며 물었다.

"엣! 내가 너무 빨리 끝내?"

"아뇨."

피식 웃으며 달달한 표정으로 남편을 바라봤다.

연인 때처럼.

"대단하죠. 언제나."

남편의 얼굴이 순식간에 빨개졌다. 알기 쉬운 사람!

"쓰, 쓸데없는 소리 하지 마!"

"왜 화를 내요?"

키득거리는 나를 보고 남편이 난감한 표정을 지었다.

"당신 요즘… 좀 이상해."

"그래요? 옛날을 떠올려서 그래요."

"옛날?"

"결혼하기 전. 연인이었던 시절."

그런 기분으로 몸을 섞어보라고, 그 사람이 말했으니까.

결혼 뒤, 익숙지 않은 시집살이에 적응하느라, 시어머니의 구박에 의무감으로 관계를 갖느라 잊고 있던 그 감각을 떠올려 보라고.

…하지만.

"뭐야. 지금은 불만이라는 거야?"

"아니요. 그런 뜻이 아니라……."

"흥."

남편이 호두를 오독오독 씹으며 맥주를 꿀꺽 하고 마셨다.

좋았던 기분이 순식간에 싸늘하게 식었다.

설마 역효과를 낸 건가……?

불안해서 몸을 일으켰다.

뒤에서 조심스레 눈치를 봤지만, 남편은 나와 눈도 마주치지 않고 맥주 컵만 만지작거렸다.

그 등 너머에서 어떤 표정으로 무슨 생각을 하고 있는지 갈피가 잡히지 않았다.

기껏 분위기가 좋아졌다고 생각했는데, 설마 이대로 다시……?

그때, 남편이 갑자기 입을 열었다.

"…난 당신이랑 결혼해서 다행이라고 생각해."

엣……?

남편의 옆모습을 바라봤다.

설마 신경 쓰고 있었어?

내가 결혼한 걸 후회하지 않냐고 물어서…….

"…아이도. 어떻게 되든 난 상관없어."

중얼거리듯 말하는 그의 어투에는 나도 느낄 수 있는 진심이 담겨 있었다.

"당신……."

"아니, 후계자가 있었으면 싶긴 하지만… 으음……."

남편이 머리를 긁적거렸다.

어머니와 아내 사이에서 이러지도 저러지도 못하겠다는 듯 곤란한 얼굴이다.

우유부단한 남자. 내가 고른 남편…….

상황이 나아진 것은 아니지만 왠지 마음이 편해졌다.

"…곧 생길 거예요."

"그래……."

"초조해하지 않으면……."

"알았어. 미안해……."

남편이 내게 맥주 컵을 건넸다. 그리고 한손으로 맥주를 따라줬다.

무뚝뚝하지만 남편 나름으로 나를 위로하는 것이었다.

눈가에 물기가 맺혔다.

"고마워요… 여보."

잘 마실게요.

눈짓을 하고 얇은 컵의 가장자리에 입을 가져갔다.

그 순간,

"우읍……!"

맥주 냄새를 맡자 갑자기 구역질이 올라와서 나는 입을 틀어막았다.

"미, 미안해요. 속이 좀……!"

남편에게 컵을 떠넘기고 급히 화장실로 뛰어갔다.

등 뒤로 깜짝 놀란 남편의 목소리가 들려왔다.

"당신, 혹시……?!"

8.

왕 선생님은 왜 그런 치료를 하고 있는 걸까?
고민은 지워졌지만 의문은 걷히지 않았다.
내 살에 새겨진 기억처럼.

"앗, 아키에 씨!"
늦여름의 햇살 속에서 완만한 언덕을 넘어 치료원에 도착하니 정원을 손질하고 있던 소년이 뛰어왔다.
내 이름을 기억하고 있는 소년이 반가웠다.
밝은 표정의, 어딘지 모르게 건강함이 가득 차 있는 소년에게 손을 흔들어 보였다.
"안녕. 론. 날 기억하고 있었구나."
"헤헤. 미인이시니까요."
"고마워."
마침 정원을 손질하고 있는 모양이었다.
전에 왔을 때와 비교하여 정원은 달라진 점이 전혀 없었다.
날씨에 맞게 꽃의 종류는 달라진 것 같지만, 그 분위기만은 여전했다.
정원을 둘러봤다. 그 사람은 어디에 있을까…….
나무가 후드득 흔들렸다.
누군가가 나무 뒤에서 돌아 나왔다.

두근거리며 뒤돌아봤지만 얼굴을 쑥 내민 건 또 다른 소년, 렌이었다.

왕 선생님이 데리고 있는 두 명의 제자 중 나머지 한 명, 론에 비해 차분하고 조용한 이미지가 인상적인 소년이었다.

"앗, 아키에 씨. 안녕하세요."

"어머. 렌도 날 기억하고 있었네."

당연하다는 듯 그때처럼 귀여운 미소를 지어 보인다.

"그럼요. 기모노가 참 예쁘세요."

눈부신 듯 쳐다보는 시선이 간지러웠다.

"고마워. 포목점을 하니까 이런 옷을 자주 입게 되네."

"네. 잘 어울리세요."

그렇게 말하더니 렌은 치료실 창문으로 다가가 노크를 했다.

"선생님, 선생님! 아키에 씨가 오셨어요."

아, 그렇게 갑자기……!

황망하게 옷깃을 정돈했다.

치료실 너머에서 앉아 있던 듯한 그림자가 일어섰다.

그 사람이다.

그림자가 창가로 다가오더니 얇은 커튼이 걷혔다.

곧 창이 크게 열리더니…….

"아키에 씨. 어서 오세요."

기억 속과 똑같은 미소.

마치 어제도 만난 듯한 모습에 그리움이 물씬 풍겨왔다.

가벼운 현기증이 느껴져서 우산대를 꼭 잡았다.

"…오랜만에 뵙네요. 예약도 없이 찾아와서… 죄송합니다."

"아뇨. 언제든 환영입니다."

왕 선생님은 밝은 목소리로 그렇게 말하더니 내 허리춤으로 시선을 떨궜다.

"임신하셨나요?"

세상에.

한 번 보기만 했으면서 그걸 맞히다니.

"역시 대단하세요. 바로 알아보시네요."

"네. 표정이 온화해지고… 더더욱 아름다워지셨어요."

"어머. 여전히 언변이 좋으시네요."

예의가 아니란 걸 알면서도 민망한 마음에 우산을 빙글 돌렸다.

심장이 목구멍 밖으로 튀어나올 것처럼 쿵쾅거렸다.

나… 긴장하고 있어…….

"축하드려요, 아키에 씨. 정말 잘됐네요."

왕 선생님은 사심없는 얼굴로 웃으며 축하해 주었다.

"네. 선생님 말씀을 지키려고 애썼어요. 매일 식사에 신경쓰고 스트레스를 받지 않도록 노력하고, 열심히 스트레칭을 하고……."

그리고…….

남편과의 연애시절을 떠올리면서… 라고 말을 잇고 싶었지만, 왠지 입이 떨어지지 않았다.

"…아무튼 여러 가지로 애를 썼죠."

내 망설임을 아는지 모르는지 왕 선생님은 웃는 얼굴을 지우지 않고 말했다.

"네. 그렇겠죠. 여기서 방심하시면 안 됩니다. 엄마가 될 수 있는 몸을 확실히 만드셔야죠."

그렇게 말하더니 왕 선생님은 론과 렌을 창가로 불렀다.

"론은 임신 중에 도움이 될 레시피를 준비해 드리고, 렌은 입덧을 가라앉히는 한약재를."

"네!"

"네!"

두 사람이 동시에 크게 대답했다.

소년들이 우당탕탕 달려나갔다.

난… 어떡하면 좋을까.

창가에 멈춰 선 채 왕 선생님을 힐끗 쳐다봤다.

왕 선생님이 '응?' 하고 미소 지으며 고개를 기울이더니 사랑스러운 눈빛으로 내 기모노를 바라봤다.

"무척 예쁘군요. 일본 여성들이 좀 더 전통의상을 입으면 좋을 텐데."

"관리하기가 얼마나 힘든지 몰라요. 그리고 익숙하지 않으면 입기가 불편해요."

"그런데도 능숙하게 입으신 거군요."

"포목점 며느리인걸요."

금방 매무새를 가다듬을 수 있죠.

혹시 흐트러져도 문제없어요.

왕 선생님이라면 그런 내 마음을 분명히 알아챌 것 같

았다.

이 사람은 내게 수치심을 안기거나 하지 않아. 그래, 분명히……

하지만 왕 선생님은 뜬금없이 날씨 얘기를 시작했다.

"날이 시원해지질 않네요. 곧 가을인데."

"네, 그러네요……"

"맞다. 올 가을에는 밤을 많이 드세요. 몸을 따뜻하게 해주는 음식이랍니다."

진료를 받으러 온 환자를 대하듯, 왕 선생님은 친절하게 설명했다.

"중국에서는 옛날부터 밤을 중요하게 생각해서 껍질, 이파리, 나무껍질까지 모두 한약재로 사용했지요."

"그래요……"

고막을 쓰다듬는 것 같은 부드러운 목소리에 애가 탔다.

왕 선생님, 전……

"…그런데 오늘은 치료는 안 하나요?"

아무렇지 않은 척하려 했지만, 갈라진 목소리가 튀어나왔다.

혀를 깨물고 싶었다. 내 맘이, 맘속에 곱게 정리해 두었던 감정을 들키면 어떡하지?

아아, 목말라……

"…아니, 저기, 진찰이라고 하나요?"

어떻게든 둘러대려고 애를 쓰니, 관자놀이에서 식은땀이 배어났다.

창가의 커튼이 바람에 흔들리는 게 보였다. 그리고 그 창틀…….저 창틀에서 난 왕 선생님과…….

다만 임신을 보고하기 위해 온 것이다. 그렇게 스스로에게 되뇌었다.

하지만 자꾸 그의 손가락이나 입술에 시선을 뺏기고 말았다…….

잠깐의 침묵이 고문을 받는 것처럼 길게 느껴졌다.

숨을 쉬는 것도 잊었다. 그냥 부끄러운 마음 따위 집어던지고 저 품속으로 뛰어들까도 생각해 봤다.

"…제가 바라지 않는 말을 해야겠군요."

그때 왕 선생님이 말했다.

"더 이상 치료는 필요 없습니다, 아키에 씨."

말이 이어진다.

"다음은 지금 다니고 있는 산부인과 선생님 말을 잘 따라주시면 돼요……."

냉정하게, 아니, 애절하게 왕 선생님은 말을 끊었다.

"건강한 아이를 낳으세요."

차가운 물을 끼얹은 것처럼, 몸속의 피가 모두 발아래로 떨어지는 것처럼 마음이 서늘해졌다.

그래…….

우산으로 그의 시선을 가렸다.

그래도 상관없어.

난… 별로…….

"…선생님. 걱정이 하나 있어요."

"뭔데요?"

그것은 마치 걱정… 혹은 기대와 같은 물음이었다.

몇 번이나 말을 고르던 난 이야기했다.

"…배 속의 아이가… 만에 하나……."

…만에 하나라도 선생님의 아이일 리는 없겠지요……?

제대로 목소리가 나왔는지도 모르겠다.

한참… 아니, 잠시 후 왕 선생님이 대답했다.

"네. 안심하세요. 저는 그런 실수를 하지 않습니다."

침착하게 대답하는 저 목소리.

우산 그림자 너머로 조심스레 그 표정을 살폈다.

…눈 저편에 쓸쓸함이 느껴진 건, 내 희망일 뿐일까.

"틀림없이 남편 분과 아키에 씨의 아이입니다. 소중히 해주세요."

"네……. 그럴게요."

다시 한 번 나는 우산으로 시선을 가렸다.

후회 따위는 하지 않는다.

소망이 이뤄졌으니까.

"…요즘 남편하고 사이가 굉장히 좋아졌어요."

"그래요?"

"…선생님 덕분이에요."

진심으로 기뻐해 주는 것 같아 기쁘면서도 괜히 슬퍼지기도 했다.

한참을 둘이서 아무 말 없이 서 있었다.

시선을 피한 채, 정원 위에 침묵이 내려앉았다.

소년들이 발랄하고 눈부신 미소를 띤 채 돌아온 것은 그때였다.

"선생님~ 준비 끝났어요!"

"수고했다. 자, 아키에 씨에게 전해 드리렴."

"네!"

"네!"

성인 남자가 되기 직전의 싱싱한 아름다움을 흩뿌리며, 아이들이 날 똑바로 쳐다봤다.

"아키에 씨. 제가 자신있어하는 작품만 모았어요!"

론의 말. 자신만만하다.

"입덧으로 괴로울 때는 이 약을 드세요. 임신 초기는 예민할 때니까 넘어지지 않도록 주의하시고요."

언제나처럼 렌은 차분한 미소와 함께 이야기해 주었다.

"…고마워."

'약값을……' 하고 말하며 가방에 손을 대자 왕 선생님이 미소 지었다.

"그냥 두십시오. 저희가 드리는 선물입니다."

"어머, 그런……."

소년들이 뒤로 물러나자, 왕 선생님이 친절한 미소를 지우지 않고 살짝 고개를 숙여 보였다.

"다음에도 언제든 상담하러 오세요."

"…네. 그럴게요."

나는 인사를 하면서 마지막으로 용기를 쥐어짜 왕 선생님의 얼굴을 바라봤다.

"고맙습니다, 선생님……. 건강하세요."

두 번 다시 만나지 않을 거예요.

뭐든지 꿰뚫어볼 것 같은 왕 선생님의 검은 눈동자는 미동도 하지 않고 나를 바라봤다.

"…네. 건강하세요."

다시 한 번, 더욱 우아하게 고개 숙여 인사를 한 후, 나는 온 길을 돌아가기 시작했다.

언덕 아래의 일상을 향해.

걸어가면서 아랫배에 손을 얹고 장난삼아 생각해 봤다.

혹시 이 아이가 왕 선생님의 아이라면 난 어떻게 해야 할까.

"…어쩔 수 없지, 뭐."

남편의 아이로 키워야지.

몇 번이고 돌아보고 싶은 유혹이 몰려들었지만 언덕을 내려갈 때까지 한 번도 뒤돌아보지 않았다.

혹시 돌아봤을 때 그가 날 지켜보고 서 있지 않다면, 무척 상처받을 것 같았으므로.

아주 멀리 걸어온 뒤에야 나는 멍하니 언덕 위를 올려다볼 수 있었다.

언덕 위 풍경은 하나도 변한 것이 없었다.

다시는 돌아오지 않을 이곳의 풍경을 충분히 눈에 담고 나서야, 난 잊고 있던 것을 떠올렸다.

"…그러고 보니 묻는다는 걸 깜박했네."

왜 그는 이런 치료를 하고 있는 걸까.

"…뭐, 됐어."

고민은 사라졌다.

그러니까 의문은 쭉 걷히지 않은 상태로 내버려 두자.

내 몸에 새겨진 기억처럼.

사랑의 비법
그 사람하고만 하고 싶어

1.

"아이리(愛理), 빨리 와!"

눈앞에 있는 거대한 주택.

척 봐도 엄청나게 고급스러워 보이는 이곳까지 찾아오기는 찾아왔는데, 도저히 한 발을 더 내디딜 용기가 나지 않았다.

"자, 잠깐만 기다려 봐, 아야(彩). …아무래도 안 되겠어."

"무슨 소리야! 겨우 마음먹었는데. 이번에야말로 바뀌고 싶다며?!"

친구인 아야가 나를 닦달한다. 그 단호한 태도에 오히려 더 움츠러들었다.

으, 으응. 그건 그렇지만…….

펄쩍 뛰는 아야의 소맷부리를 잡고, 난 주저주저하며 그건물을 살펴봤다.

시원한 녹음이 우거진 정원 속에 들어선 산뜻한 양옥.

여기가 진짜 치료원이라고?

"자, 같이 가줄 테니까……."

"으, 으응……."

혼자였다면 정말 여기까지 오지도 못했을 테니, 아야를 믿고 가는 수밖에는 없을 것 같다.

아야는 앞장서서 씩씩하게 걸어갔다.

"가, 같이 가!"

나는 허둥지둥 그 뒤를 쫓았다.

커다란 문 앞에 멈춰선 아야가 이리저리 두리번거렸다.

"간판이 없네? 초인종은 어디 있지?"

그 말대로였다.

철제 문은 그 자체만으로도 압박감이 느껴질 정도였지만, 통과하려는 사람을 위한 배려는 전혀 없었다.

아니, 오히려 이게 기회일지도.

"여… 역시 안 되겠어. 그만두자, 아야. 수상해. 미안… 기껏 같이 와줬는데."

그렇게 말하면서 다시 아야의 소맷부리를 잡아당길 때였다.

"진료 받으러 오셨어요?"

히이이익—!!

뒤에서 갑자기 들려온 목소리에 나는 화들짝 놀라며 몸을 움츠렸다.

두근두근하며 뒤돌아보니, 두 명의 소년이 서 있었다.

그것도 눈에 확 띌 정도의 미소년이.

…우와! 멋있어.

내 가슴은 금세 또 다른 의미로 두근거리기 시작했다.

긴장으로 굳어버린 나와는 달리, 아야는 긴 머리를 흩날리며 그 아이들에게 말을 걸기 시작했다.

우리보다 몇 살은 어린, 아직 십대로 보이는 소년들이었다.

"너희들 여기서 일하니?"

"네. 뭐."

"그런데요."

아무렇지 않게 대답하는 것을 보니, 손님을 받는 데 익숙해져 있는 모양이었다.

"선생님 계셔? 예약 안 했는데 진료 받을 수 있을까?"

얌전해 보이는 아이가 우아한 미소를 지었다.

"두 분이 같이 진료를 보시게요? 그런 적은 별로 없는데……."

"아니, 난 아니고. 실은 얘가……."

"자, 잠깐! 아야!"

부끄러운 고민이니까 이런 데서 말하지 마!

얼굴이 새빨개진 나는 팔꿈치로 아야의 옆구리를 쿡 찔렀다. 아야가 질렸다는 듯 고개를 내젓더니 어깨를 으쓱했다.

"알았어, 알았어. 아휴… 별 고민 아니라니까 거참."

"아야! 난……."

나한테는 엄청 심각한 고민이라고!

…그것 때문에 남자친구도 못 사귈 정도로.

"두 분이 사이가 아주 좋으시군요. 소꿉친구인가요?"

'왕'이라고 하는 의사는 우리를 찬찬히 살펴보더니 제일 먼저 그렇게 물었다.

"어머! 어떻게 아셨어요?"

아야가 놀라워하며 목소리를 높였다.

"글쎄요. 어째서일까요. 두 분의 기가 잘 통하고 있기 때문일까요?"

"기이~?!"

뭐야, 그게.

왕 선생님은 당황해하는 우리 둘을 보며 그저 싱긋 웃어 보일 뿐이었다.

방금 전까지 아무렇지 않아 하던 아야가 기분 나쁜 듯 얼굴을 찡그리더니, 날 끌어당겨 속삭였다.

"…아이리, 여기 아무래도 수상해."

"쉿! 아야!"

들릴 것 같아서 주의를 주긴 했지만, 사실 나도 그 의견에는 조금 동의했다.

"하하. 일단 앉으시죠."

왕 선생님이 우아한 손놀림으로 소파 쪽으로 안내했다. 우리는 서로 바싹 붙어서 경계심을 늦추지 않으며 소파에 살짝 걸터앉았다.

"그래서. 고민 말인데······."

왕 선생님은 천천히 우리를 둘러보더니, 내게 딱 시선을 고정시켰다.

"이쪽 분이시군요."

"우왓! 초능력자예요?!"

아야가 호들갑을 떨었다. 그때마다 난 여기 왔다는 사실보다 아야 때문에 더 부끄러워졌다.

아야! 얌전히 좀 있어!

선생님 기분이 상하면 어쩌려고······!

호들갑스러운 아야 때문에 나는 어찌할 바를 몰랐다.

하지만 선생님은 너그럽게 웃으면서 내게 다정하게 말을 걸었다.

"섬세한 분이군요. 괜찮아요. 얼핏 보면 잘 몰라요."

단번에 내가 무엇 때문에 이곳에 왔는지 알아맞혔다.

에에에에엣?!

나는 황급히 손으로 머리를 가렸다.

어떻게든 가리려고 손을 깊숙이 머리카락 속으로 묻었지만, 그렇다고 쉽게 가려질 수 없다는 건 스스로도 잘 알고 있었다.

아야가 몸을 앞으로 쑥 내밀었다.

"그렇죠? 전혀 눈에 안 띄죠? 흰머리 같은 거!"

"아, 아야~!!"

갑자기 고민을 폭로당한 나는 허둥지둥했다.

하지만 아야는 개의치 않고 이야기에 열을 올렸다.

"신경 쓸 정도는 아니라니까 그러네. 아이리, 아, 얘가 아이리예요. 아이리가 흰머리가 좀 많이 났거든요."

난 부끄러워서 어쩔 줄 몰랐다. 그 모습을 왕 선생님은 부드러운 미소를 짓고 쳐다보았다.

"언제부터 그랬죠?"

그 질문이 내가 아닌 아야를 향해서였다. 아야가 손가락을 들어 빙빙 돌리면서 눈을 굴렸다.

"중학교 때부터였나? 아니, 고등학교 때인가? 염색하면 하나도 티 안 난다고 아무리 얘기를 해도……."

"그, 그래도……."

나는 얼굴을 붉히면서 중얼거렸다.

"…뿌리 부분을 보면 알 수 있잖아."

내가 생각해도 과연 들릴까 싶을 정도로 작은 목소리.

"또 중얼거린다! 그래도 완전히 하얀 색은 아니라서 괜찮다니까."

아야는 늘 저렇게 말해줘서 고맙지만…….

나도 이런 내가 싫다. 흐리멍덩하고 어둡고 못 생기고…….

아야는 모를 것이다.

찰랑찰랑한 머리.

반들반들한 피부.

밝은 성격에 예쁜 얼굴.

나도… 나도 아야 같았더라면…….

내가 말문을 닫고 시무룩하게 생각에 잠기자 아야는 자신의 말이 심하진 않았는지 잠깐 반성하는 것 같았다.

하지만 그것도 잠시.

이내 왜 그렇게까지 고민하는지 이해 못하겠다는 듯 한숨을 푹 내쉬었다.

"정말이지. 겨우 기회가 찾아왔는데 말이야~"

"기회요?"

왕 선생님이 고개를 갸우뚱거렸다.

"아, 무슨 말이냐면요."

아, 아야……. 됐어, 말하지 마.

소매를 잡아당겼지만 아야는 또 미주알고주알 일러바치기 시작했다.

"아이리한테 호감을 보이는 남자가 있어요. 저희는 같은 회사에 다니고 있는데, 그 남자도 우리 동료예요."

"아, 아야… 그만하라니까……."

나보다 훨씬 활달한 아야는 이미 그 남자에게 대해서 많은 것을 알고 있었다. 그 정보를 왕 선생님에게 알려주고 있는데, 난 옆에서 부끄러워 어쩔 줄을 몰랐다.

"일도 잘 하고, 제가 보기엔 꽤 괜찮아요."

"나, 나도 다나카 씨가 괜찮은 사람이라고 생각해! 하지만……."

"하지만?"

왕 선생님이 물었다.

나는 주뼛주뼛 치맛자락을 꼭 부여잡고 한숨을 푹 내쉬었다.

"이런 거 신경 쓰는 게 바보 같을지도 모르지만……."

그리고는 기어들어 가는 목소리로 대답했다.

"…그 사람, 키가 커요."

위에서 내려다보면 내 흰머리가 다 보일 거예요…….

"이렇다니까요……!"

아야가 소파로 털썩 몸을 날렸다.

"학교 때부터 쭉 이랬어요. 남자친구를 만들 마음이 있는 건지 없는 건지……."

"이, 있어! 있지만……."

언제나처럼 아야가 날 다그치고, 난 거기에 변명하는 구도가 되려 하던 때,

"자, 자."

왕 선생님은 쓴웃음을 띄우며 아옹다옹하는 우리를 말렸다.

"아야 씨는 꼭 아이리 씨 언니 같군요."

"네? 아아, 네, 뭐. 이렇게 귀엽게 생겼는데 아깝잖아요."

"아, 안 귀여워!"

"아니에요. 아야 씨 말이 맞습니다."

갑자기 왕 선생님이 내게 손을 뻗어 머리칼을 만졌다. 그리고…….

"아야 씨. 잠깐 저희 둘만 있어도 될까요?"

차분한 목소리로 아야에게 양해를 구했다.

아야는 잠깐 망설이는 것 같았다.

"안심하세요. 진료와 치료를 좀 하려는 겁니다. …아이리

씨의 고민을 해결하기 위해."

왕 선생님이 손뼉을 치자 치료실 문이 열리며, 처음에 만났던 두 명의 소년이 들어왔다.

"아야 씨, 저쪽으로 가서 저희랑 차 마셔요."

"가요! 어차피 치료는 시간이 좀 걸린단 말이에요."

아야는 나를 쳐다보면서 걱정스러운 표정을 지었다.

하지만 치료를 한다는 말에 결국 아이들의 손에 이끌려 치료실을 나갔다.

문이 닫히고, 방 안에는 나와 왕 선생님만이 남았다.

갑자기 불안감이 밀려왔다.

어, 어떡하지? 어떡하면 되지⋯⋯?

나도 모르게 무릎에 올린 두 손을 꼭 쥐었다. 손바닥은 이미 땀범벅이었다.

왕 선생님이 장난치듯 내 머리칼을 만지작거렸다.

"아야 씨가 없으면 불안한가요?"

부, 불안해요⋯⋯.

말도 못하고 고개만 끄덕였다.

지금부터 무슨 일이 벌어지는 걸까?

진료라니? 치료라니⋯⋯?

"아이리 씨는 친구에게 너무 의존적이에요."

그런가? 그럴지도⋯⋯.

"하지만⋯ 침대 속까지 친구가 따라 들어올 순 없잖아요?"

왕 선생님이 갑자기 내 어깨를 감싸더니 자기 품속으로 끌어당겼다.

"앗……!"

놀라서 심장이 터져 버릴 것 같았다.

그리고 이마에 부드러운 열기가 느껴졌다.

뭐, 뭐하는 거지……?

당황했지만 말이 목구멍에서 걸려 입 밖으로 튀어나오지 않았다.

뻣뻣하게 굳은 날 보더니 왕 선생님이 짓궂게 속삭였다.

"안 도망가요?"

아…….

그 목소리에 왠지 가슴이 설레었다. 이마에 땀이 배어나고 심장이 거세게 쿵쾅거렸다.

왕 선생님은 부드러운 입술로 내 눈꺼풀에 입을 맞췄다.

그리고 그 입술은 뺨을 지나 귓불로… 긴 여행을 하듯 서서히 흘러갔다.

"안 도망가요……?"

왕 선생님은 나를 강하게 껴안더니 내 가슴을 천천히 움켜잡았다.

잠깐, 잠깐만…….

나… 이런 일을 한 적이…….

"그럼 침대로 가볼까요? 아이리 씨……."

나와 단둘이.

2.

무서워, 무서워, 무서워, 무서워,
무서워……!
하지만…….

"눈을 감아요."
나직하게 속삭이는 왕 선생님의 뜨거운 입김이 귓가를 간질이는 바람에 나는 젖은 신음을 내뱉었다.
"좋아하는 사람이 있나요?"
왕 선생님이 물었다.
그 순간 그의 모습이 떠올랐다.
"…모르겠어요."
"아이리 씨 마음인데도?"
"…아직 그 사람을 잘 모르니까."
왕 선생님이 손가락으로 내 턱을 치켜들자, 가슴이 다시
두방망이질을 쳐댔다.
아, 키스할 건가 봐……!
하지만 왕 선생님의 입술은 다시 뺨으로 향했다.
…이어서 내 입술을 건드릴 듯 말 듯 애를 태우고는 이내
목덜미 쪽으로 미끄러져 내려갔다.
"아… 아… 하아……."
"안 도망가요? 진짜 괜찮아요?"
커다란 손바닥이 옷 위로 천천히 내 몸을 쓰다듬었다.

왕 선생님은 나를 침대로 쓰러뜨리더니, 자신의 몸으로 덮쳐눌렀다. 난폭하진 않았지만 이대로라면 정말······.

어지러운 마음에 가슴이 바작바작 타버릴 것 같았다. 하지만 전혀 움직일 수 없었다.

몸을 쓰다듬는 왕 선생님의 손길이 너무나 부드러워서.

기분 좋아서······.

"아아··· 흐응··· 아하······."

온몸이 녹아내리는 기분이었다. 이대로 침대로 스며들어 버릴 것만 같았다.

"괜찮겠어요? 아직 남자를 사귀어본 적이 없죠?"

왕 선생님의 짓궂은 목소리.

"'처음'이 나라도 괜찮겠어요? 치료하자면 어쩔 수 없는데······?"

나는 숨이 멎어버릴 정도로 부끄러운 나머지 손으로 얼굴을 감쌌다.

"···모르겠어요."

"아이리 씨는 뭐든지 '모르겠다'고 대답하는군요."

왕 선생님이 놀리듯 말했다.

"그럼 몸한테 물어보지요."

"아······!"

왕 선생님이 갑자기 내 스커트를 들춰 팬티에 손을 댔다.

"자, 잠깐만요······! 안 돼요······."

깜짝 놀라 소리치며 내가 몸을 비튼 틈을 타, 순식간에 팬티가 벗겨졌다.

"싫어……!"

왕 선생님이 무릎을 잡고 다리를 벌리자 나는 비명을 질렀다. 하지만 그는 개의치 않았다.

"많이 젖었군요, 아이리 씨. …해보고 싶나요?"

"아아… 싫… 어……."

"정말 싫어요…?"

왕 선생님이 손가락으로 은밀한 계곡의 가운데를 간질이자 허리가 용수철처럼 튀어 올라왔다.

아항……!

"앗, 아… 아… 아……!"

내가 만질 때와는 전혀 다른 느낌.

움찔움찔 몸을 떨며 몸부림치는 나를 가지고 놀듯, 왕 선생님은 손가락을 위아래로 미끄러뜨렸다. 그리고는 달콤하게 속삭였다.

"기분 좋게 해줄게요. …누구한테도 비밀로 하고."

"엣……? 아앗……!"

왕 선생님이 스커트 속으로 머리를 들이밀자 난 당황해서 그를 밀쳤다.

하지만 왕 선생님은 거칠게 내 손을 밀어내며, 그곳으로 코를 가까이 갖다댔다.

"에로틱한 냄새가 나는군요. 아이리 씨……."

"안… 돼……!"

"식욕을 돋구는 냄새. 마치 잘 숙성된 치즈 같은……."

"안 돼, 하지 말아요! 아, 아아!"

왕 선생님의 뜨거운 혀가 그곳에 닿자, 나는 다시 한 번 시트를 부여잡고 온몸에 빳빳하게 힘을 줬다.

왕 선생님의 혓바닥은 마치 탐색이라도 하듯 쉬지 않고 그 표면을 할짝거렸다.

"우우… 아… 하앙……."

이상한 소리가 터져 나올 것 같아서 주먹을 필사적으로 쥐고 버텼다.

여전히 혀를 놀리며 왕 선생님이 내 다리를 더 크게 벌렸다.

그의 눈앞에, 지금까지 한 번도 다른 사람을 들이지 않았던 동굴이 훤히 드러났다.

"아… 안 돼……."

부끄러워… 어떡해…….

그런 나의 마음과 달리 몸은 이미…….

"흠뻑 젖었군요……."

왕 선생님이 머리를 수그리더니 나의 그곳으로 입술을 살포시 갖다댔다.

그리고 마치 키스하는 것처럼… 아니, 사실 키스해 본 경험이 없어서 정확히는 모르겠지만…….

아마 이런 느낌이 아닐까 싶을 정도로 부드럽게 빨고 비틀고 핥기 시작했다…….

"아… 아앙… 아… 하윽……!"

혀끝이 그곳의 곡선을 따라 미끄러져 내려갔다.

이따금 그곳을 먹어치울 듯 강하게 빨아대는 바람에 본의 아니게 왕 선생님의 머리칼을 부여잡았다.

왕 선생님은 이제 더 이상 내 다리를 누르지 않았다.

하지만 내 다리는 여전히 벌어진 채로 허벅지 사이에 왕 선생님의 머리를 품고 있었다.

왕 선생님은 그 허벅지 안쪽을 조심스럽게 위아래로, 손가락으로 간질이듯 쓰다듬었다.

"으응… 아, 응! 아아……!"

온몸에 땀이 배어나고, 점점 의식이 흐릿해졌다.

왕 선생님의 젖은 혀가 민감한 부위를 할짝할짝 핥기 시작했다.

"아학……! 선생님… 선생님……!"

왕 선생님은 내 신음에 답이라도 하듯 계곡 속 작은 돌기를 쪽쪽 빨았다.

아… 기분 좋아……!

비명을 지르며 허리를 젖히는 내게 왕 선생님이 속삭였다.

아이리 씨. 이런 식으로 사랑받고 싶지 않나요?

좋아하는 그 사람한테…….

"엣? …아, 아앙!"

"그 사람… 이름은……?"

"에… 아, 다… 나카……."

"지금 그 다나카 씨를 생각하고 있죠? 그 사람이 당신을 이렇게 해줬으면 하고……."

그런 말을 하면서도 왕 선생님은 조금도 움직임을 늦추지 않았다.

오히려 더 거칠고 게걸스럽게 내 그곳을 빨아댔다.

그리고 그 중심에, 아직 한 번도 열린 적 없는 나의 동굴로 혀끝을 들이밀었다.

"아아앙……! 흐, 아……! 아아앙, 아학!"

"이렇게… 하고 싶을 거예요. 그 사람도. 상상해 봐요……."

그 말에 허벅지가 파르르 떨려왔다.

"당신의… 이런 섹시한 모습을 상상하면서… 그 사람은 밤마다 혼자……."

"그, 그만……!"

지금은 그런 상상을 하고 싶지 않아!

하지만 외설스러운 혓바닥이 또다시 덮쳐오자 이성이 어지러이 흩어졌다.

후끈 달아오른 욕망에 휘둘린 나머지 내가 먼저 왕 선생님의 입술에 몸을 밀착시켰다.

상상해 보세요. 내 품에 안긴 당신을 그 사람이 보고 있어요…….

"…아……! 윽, 아아……!"

왕 선생님이 양손으로 그곳을 벌리고 츄읍츄읍 소리를 내며 강하게 빨자, 나는 하릴없이 위아래로 허리를 튕겨댈 뿐이

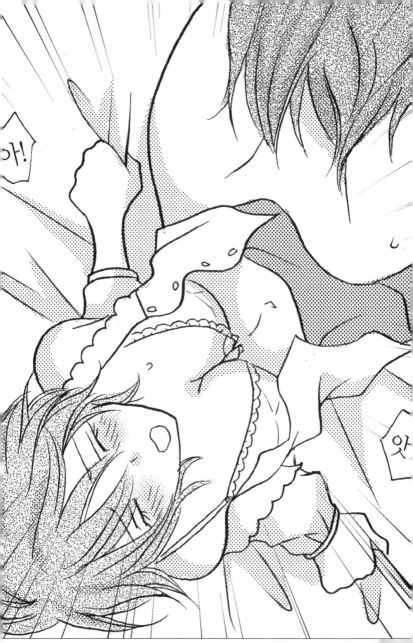

었다.

왕 선생님의 혀가 아래에서부터 돌기까지 훑어 올리더니, 제일 민감한 부분을 엄청난 스피드로 날름거리기 시작했다.

"아아아, 그, 그만……! 그만……!!"

허리를 둥글게 말고 몸을 솟구쳐 왕 선생님의 머리를 꼭 붙들었다.

아아……!

죽을 것 같아……!

"아… 후아… 아아아아아항…!!!"

등줄기를 활처럼 말아 올린 순간, 단단하고 예리한 혀끝이 피스톤처럼 그곳으로 밀려 들어왔다.

"꺄… 아아아아아아악……!"

작은 살덩이가 그 속에서 이리저리 꿈틀거렸다.

"아… 아, 아하아……! 아앙……!"

낯선 감각과 둔한 통증에 공포가 밀려왔다.

난 몸을 비꼬면서 그의 혓바닥에서 벗어나고자 몸부림쳤다.

어느 순간,

머릿속이 하얘지며 무언가가 치솟아 오를 것 같은 감각이 사라졌다.

혀가 쑥 빠지더니 왕 선생님이 몸을 일으켰다.

왕 선생님은 내 점액으로 번들거리는 입술을 일그러뜨리며 놀리듯 물었다.

"…무서웠어요?"

몸을 움츠리고 고개를 끄덕였다.

"아이리 씨는 참 겁쟁이군요."

왕 선생님이 내 손을 잡았다.

다음 순간, 나는 다시 비명을 지르며 그 손을 밀쳐냈다.

왜냐하면 왕 선생님이…….

왕 선생님이 내 손을 자기 분신에 갖다 댔기 때문이다…….!

왕 선생님의 그것은 의복을 뚫고 나올 듯 단단히 부풀어 있었다.

"보고 싶지 않아요? 이렇게 커졌는데……."

그 눈빛이 말하고 있다.

무서운가요?

아니면…….

3.

사형을 선고받은 프랑스의 왕비 마리 앙뜨와네뜨가

하룻밤 만에 백발로 변한 얘기를 알고 있니?

"뭐야, 그게. 몰라."

점심시간.

아야는 샌드위치를 오물오물 씹으며 무심하게 대꾸했다.

"그리고 그게 아이리 네 흰머리랑 무슨 상관이야?"

아니. 상관이 있는 것 같아…….

내가 중얼거렸다.

"나도 겁이 많아서 흰머리가 늘어나는 것 같아…….''

"뭐~?"

샌드위치를 한입 크게 베어 물려고 하던 아야의 움직임이 뚝 멈췄다.

무슨 헛소리냐는 듯한 눈동자가 나를 쳐다보았다.

"흰머리는 노화 현상이지만 공포심하고도 관계가 있대."

그렇게 말했다.

어제 '진찰'을 마친 왕 선생님이.

「머리카락은 '신장의 꽃'이라고 불릴 정도로 신장과 밀접한 관계를 가지고 있어요.」

그러면서 왕 선생님은 내 뺨으로 손가락을 뻗었다.

내 몸이 순간적으로 움찔 하고 움츠러들자, 왕 선생님이 웃었다.

「아직도 무서워요? 같이 그런 일을 하고도?」

왕 선생님의 놀림에 귀가 새빨개졌다. 그런 일을 한 다음이니까 더욱 가슴이 두근거리는 거라고……!

하지만 사실 왕 선생님은 그곳을 혀로 핥기만 했을 뿐, 키스도 삽입도 하지 않았다.

「기분 좋았어요?」

「모, 몰라요……!」

하하하, 하고 웃던 왕 선생님은 '아이리 씨는 신장이 약한 것 같아요'라고 말을 이었다.

「젊은데도 흰머리가 많으면 유전, 혹은 스트레스 등의 원인으로 신장에 문제가 생겼기 때문일 수 있어요.」

처음 듣는 이야기였다.

「신장이 안 좋으면 머리카락에 탄력과 광택이 없어지고, 흰머리 같은 노화 현상이 생기죠.」

「노, 노화 현상?!」

콤플렉스이긴 하지만, 거기까진 생각해 본 적 없는데!

「그리고 약한 신장은 성격에도 영향을 끼쳐요.」

엣, 성격에……?

「신장이 약하면 사소한 것에도 잘 놀라고, 무서워하고, 움츠러들어요. 마음대로 행동하지 못하고 다른 사람의 눈치를 보게 되죠.」

가슴이 철렁 내려앉았다. 그건 마치…….

왕 선생님이 씨익 웃었다.

「어때요. 뜨끔한가 보죠?」

내가 어깨를 축 늘어뜨렸다.

「…너무해요, 선생님.」

「하하. 미안해요. 아이리 씨가 너무 전형적이라.」

왕 선생님은 조금도 개의치 않고 '재미있죠?' 하고 웃었다.

이야기를 전부 들은 아야가 박장대소를 터뜨렸다.

"아하하하! 정말? 딱 맞췄는데? 완전 재미있다!"

"하, 하나도 재미없어!"

그만 웃으라며 아야의 어깨를 툭 쳤다.

"미안, 미안. 그래서? 그럼 어떻게 하래?"

"일단은 신장을 보양하는 식생활로 바꾸래."

"아아. 그래서 오늘 도시락을 싸왔구나."

"응. 검은 음식이 좋대. 호두, 검은 깨, 검은 콩, 목이버섯, 흑설탕, 밤, 새우, 다시마, 톳, 부추, 잣, 양고기……."

평소에는 나도 아야처럼 샌드위치 같은 간단한 음식으로 점심을 때운다.

하지만 왕 선생님에게 그런 이야기를 듣고 나니, 일단 시키는 대로 해보자는 생각이 들었다.

"그렇구나. 아, 그 버섯조림 먹어도 돼?"

"응."

도시락을 내미니 아야가 손가락으로 목이버섯을 쏙 집어 먹었다.

"맛있어! 시집가도 되겠는데?"

"으음… 글쎄……."

이 나이에 남자 경험도 없는 내가 어떻게…….

난 자신없게 웃었지만, 아야는 평소처럼 아무렇지 않게 이야기를 돌렸다.

"참. 왕 선생님이 진찰을 어떻게 했어?"

진찰……?

화제를 돌렸지만, 오히려 그게 더 부끄러운 일이었다.

나는 얼굴을 붉혔다.

"그, 그냥 뭐……."

"그냥 뭐, 어떻게? 너 어제부터 왠지 수상해."

아야가 토라진 듯 입을 삐죽거렸다.

"엄청 오래 진찰을 해놓고선, 너도 그렇고 왕 선생님도 그렇고 아무 말도 안 해주고."

당연하다면 당연한 말이지만 아야가 고집스럽게 나를 노려보았다.

"그러니까 그냥… 상담 같은……."

"어떤 상담?"

"으, 응……?"

뭐라고 대답해야 좋을지 안절부절못할 때였다.

갑자기 내 발 앞으로 야구공이 날아들었다.

"까앗!"

몸을 확 움츠리는 바람에 무릎에 놓여 있던 도시락이 떨어지려는 것을 간신히 붙잡았다.

아야가 공을 주워 들고는 소리를 질렀다.

"누구야? 위험하잖아!"

"아! 미안!"

뛰어오는 사람의 얼굴을 확인하자, 나는 몸이 굳어버렸다.

다나카 씨다…….

"뭐야, 다나카였어?"

아야가 공을 던졌다.

가볍게 공을 받은 다나카 씨가 아야한테 반갑게 말을 걸었다.

"잘 던지는데? 아야도 같이 캐치볼 할래?"

"됐네요. 땀나는 거 싫어."

어깨를 으쓱하더니 다나카 씨가 이번에는 날 쳐다봤다.

으아악……. 긴장으로 허리가 꼿꼿이 서버렸다.

"아이리 씨는 도시락을 싸갖고 다녀?"

키가 큰 다나카 씨가 몸을 구부려 도시락을 들여다봤다.

아아… 부끄러워…….

난 얼른 손으로 도시락을 가렸다. 온통 거무튀튀한 색깔뿐이라, 전혀 예쁘지도 않은데…….

다나카 씨가 민망한 듯 웃으면서 몸을 일으켜 세웠다.

"맛있어 보이는데? 아이리 씨가 직접 만든 거야?"

"으, 으응……."

"헤에……."

…왠지 어색한 침묵이 흘렀다.

별달리 할 말이 떠오르지 않았다. 언제나처럼, 이 사람 앞에만 서면 자연스레 움츠러들고 만다.

"이만 가볼게. 방해해서 미안!"

잠깐의 침묵 후 다나카 씨가 방긋 웃으며 인사했다.

다나카 씨는 다시 캐치볼을 하러 뛰어갔다.

"아아……."

아야가 어이없다는 표정으로 날 쳐다봤다.

"불쌍한 다나카 씨."

"하, 하지만!"

"아이리 널 많이 좋아하는 거라고. 긴장한 것 좀 봐."

"기, 기분 탓일 거야."

아아……. 얼굴이 불에 덴 듯 화끈거렸다.

부끄럽지만, 정말로 그랬으면 좋겠다고 생각했다.

이렇게 소심하고 겁 많은 나를 누군가가 좋아해 줄까, 내가 좋아하는 사람이 나에게 관심을 줄까, 늘 그런 걱정만을 해왔으니까.

하지만…….

아직 우물쭈물하며 고개를 수그리고 있을 때였다.

아야가 갑자기 놀라운 얘기를 꺼냈다.

"아이리가 자꾸 그러면 내가 확 다나카 씨랑 사귀어 버린다?"

"에엣!"

정말 깜짝 놀라서 도시락을 떨어뜨릴 뻔했다.

"그게 무슨 말이야? 아야 너는 남자친구가 있잖아!"

"응. 뭐 그렇지. 하지만 다나카 씨가 더 괜찮은 것 같아."

"설마… 진심이야……?"

동요해서 젓가락을 쥔 손끝이 떨렸다. 어떡하지. 그런 거… 그런 건 싫어…….

아야는 그런 나를 흘끗 쳐다보더니 '농담이야!' 라며 웃었다.

"하지만!"

한숨을 내쉬는 내 모습에 아야는 벌떡 일어섰다.

"얼른 '그 마음' 을 보여주지 않으면, 내가 아니라 다른 누군가한테 뺏길지도 몰라. 다나카, 꽤 인기 있는 사람이니까."

"마음이라니. 어떤 마음⋯⋯?"

나는 탕비실에서 컵을 씻으며 혼자 중얼거렸다.

나도 좋아한다는 사인을 보내라고?

어리광을 부리거나 몸을 살짝살짝 터치하면서?

"할 수 있으면 벌써 했지."

내가 다나카 씨를 좀 더 편하게 대할 수 있으면 그런 식으로 유혹할 수 있었을지도 모른다⋯⋯.

나도 그러고 싶다.

하지만 자꾸 흰머리가 신경 쓰이는걸.

"하아⋯⋯."

이렇게 아줌마 같은 고민을 하는 사람은 나밖에 없을 거야.

왕 선생님이 흰머리에 좋다면서 하수오라는 생약도 처방해 줬지만, 언제 효과가 나타날지는 사실 선생님도 잘 모를 것이다.

"금방은 아니겠지?"

꾸준히 먹는다고 하더라도 이 개월? 삼 개월?

어쩌면⋯ 반년?

마음이 바작바작 타는 걸 느끼면서 설거지에 몰두해 보려고 하지만, 제대로 될 리가 없다.

그러면서 난 새삼 깨달았다.

내가 생각보다 훨씬 더 다나카 씨를 신경 쓰고 있다는 사실을.

「이렇게… 하고 싶을 거예요. 그 사람도.」

그때 왕 선생님이 했던 말이 진짜라면 좋겠다.
전혀 싫지 않다.
설령 나를 생각하면서 혼자 자위를 하고 있대도.
만약… 만약 그렇다면.
만약 다나카 씨가 나랑 하고 싶다면…….
왕 선생님의 분신을 만졌을 때의 감촉이 떠올랐다.
뜨거운 열기를 내뿜으며 오른쪽으로 휘어진 그것을 손가락으로 살짝 눌러봤더니 터질 것처럼 딱딱했었다.
남자란 왠지 대단하다.
그게 진짜 들어갈까?
다나카 씨 것은 어떻게 생겼을까…….
"저기……."
"꺄앗!"
소스라치듯 놀라며 뒤를 돌아봤더니 다, 다나카 씨가!
너무 놀란 나머지 씻다 만 컵을 바닥에 떨어뜨렸다.
"앗!"
…쨍그랑!
앗, 깨져 버렸다!
아아, 이게 뭐야! 부끄러워… 꼴사나워!
울 것 같은 얼굴로 황급히 고무장갑을 벗었다.

파편을 주우려고 쭈그려 앉았더니 다나카 씨도 같이 쭈그려 앉아 유리조각을 줍기 시작했다.

"갑자기 말 걸어서 미안."

"아니야……."

내가 이상한 생각을 하고 있어서 그래. 부끄러워서 눈도 마주칠 수 없었다. 하필이면 그런 생각을 하고 있는 중에 나타나다니!

하지만, 부끄러워하는 와중에도 난 이미 제정신이 아닌 것 같았다.

나도 모르게 쭈그려 앉은 그의 허벅지 사이로 눈이…….

어, 어딜 보는 거야, 내가!

대충 정리한 뒤 허둥지둥 일어서려는 찰나였다.

갑자기 바닥이 울리면서 덜컹덜컹 흔들리기 시작했다.

"꺄앗, 지진?!"

"위험해!"

그가 뒤에서부터 나를 감싸 안은 이런 모습.

쭉 꿈꿔왔다.

하지만…….

"…꽤 심하게 흔들렸네."

"……으, 으응."

머리 위에서 들려오는 목소리에 조금 상기된 목소리로 답을 했다.

폭 하고 그의 팔 안에 안겨 버렸다. 그의 가슴과 맞닿은 등으로 따스한 열기가 전해졌다…….

"…이제 괜찮아진 건가?"

그렇게 말하는 다나카 씨의 목소리가 미묘하게 톤이 높아져 있었다. 평소에는 들어보지 못한 목소리에 절로 가슴이 뛰었다.

"…그, 그런 것 같아."

가만히 긍정하면서 숨을 몰아쉬었다. 그가 팔을 풀…지 않았다.

그렇게 말하면서도 다나카 씨는 내 몸에서 떨어지지 않았다. 탕비실에 미묘한 침묵이 흘렀다.

왜? 어째서?

어떡하지? 어떡하면 좋지……?

뜻하지 않은 상황에 머릿속이 점점 패닉을 일으키려 하고 있었다.

심장이 아플 정도로 거세게 두방망이질을 쳤다.

두근두근!

백 미터 달리기를 전속력으로 뛰었던 고등학생 때가 생각났다. 그때도 이 정도로 심장이 미친 듯이 뛰진 않았다.

"저, 저기……."

"다나카 씨……."

귓가에 속삭이는 낮은 목소리.

동시에 그의 팔에 힘이 꽉 들어가는 바람에 비명이 터져 나왔다.

"아……!"

황급히 입으로 손을 가져갔다.

하지만 그것이 또 다른 패닉을 일으키는 전조가 되고 말았다.

입을 틀어막기 위해 손을 들어 올린 그 모습은 마치 내 가슴과 어깨를 보호하듯 감싸 안고 있는 그의 팔을 안는 것 같았다.

"다나카 씨……!"

이게 아야가 말한 '마음'을 보여주는 행동인 걸까.

다나카 씨는 뭔가에 용기를 얻은 것처럼 대담해져서 갑자기 내 귓불에 입술을 갖다 댔다.

"아……!"

등줄기에 전율이 오싹 끼치는 바람에 다급히 그의 팔을 붙들었다.

그의 팔은 평소에 보았던 가느다란 그런 느낌이 아니었다.

가늘지만 그 피부 아래로 단단하게 뻗은 근육이 속속들이 민감하게 느껴졌다.

다나카 씨가 나의 목덜미에 코를 파묻고 흥분한 것처럼 숨을 내뱉었다.

"좋은 향기가 나……."

겨우 인사 몇 번을 하고 도망치듯 후다닥 헤어졌던, 그런 모습과는 전혀 다른 대담한 행동에 척추가 꼿꼿이 솟았다.

목덜미를 간질이는 뜨거운 숨결에 무릎이 떨려왔다.

다나카 씨는 몇 번이고 쉬지 않고 귓불과 관자놀이에 입을 맞췄다.

"아……."

나는 젖은 신음을 내뱉으며 그의 팔뚝으로 고개를 기울였다. 맨살의 향기가 훅 하고 코를 덮쳤다.

땀과 시트러스 향이 뒤섞인, 상쾌하면서도 남자다운⋯⋯.

⋯쾅장히 마음에 드는 냄새.

다나카 씨가 코로 내 머리칼을 흩뜨리자 또 다시 소리가 터져 나왔다.

"아, 아앗⋯⋯!"

"짧은 머리가 너무 귀여워."

웃음기를 담은 목소리가 귓가를 울리자 그만 그대로 허물어져 내릴 것 같았다.

소심하고 겁 많은 나지만 이런 순간을 상상하지 않은 것은 아니다.

그가 뒤에서 나를 안고, 그 따뜻한 품속에서 그의 목소리를 들으며, 그가 내 머리칼에 코를⋯⋯.

앗⋯⋯!

그 순간, 녹아버릴 것 같은 마음에 경고음이 울렸다.

안 돼! 흰머리를 보면 어떡해!

"너무 어울려, 아이리 씨. 나, 어떡하지⋯⋯?"

안 돼, 잠깐만⋯⋯!

흰머리를 들키고 싶지 않아!

내가 갑자기 몸을 뒤틀자 다나카 씨가 정신을 확 차린 것 같았다.

"앗! 미, 미안!"

그가 사과하면서 황급히 팔을 풀었다.

아…….

아쉬웠지만 머리칼을 들킬까 봐 나는 얼른 그의 몸에서 떨어져 나왔다.

터져 나오려는 숨을 몰아쉬면서 가만히 그의 얼굴을 올려다 보았다가 그만 표정이 굳고 말았다.

다나카 씨가 무척 상처받은 표정을 짓고 있었다.

"미안해……."

"아니, 그게 아니라……!"

어두워진 얼굴로 다나카 씨가 사과를 하자 가만히 있을 수가 없었다.

다급히 변명을 했다.

"…누가 오는 줄 알고."

내 딴에는 최선을 다해 마음을 전한 것이었다. 여기가 아니라면 괜찮다고.

그러니까, 아무것도 보이지 않을 만큼 깜깜한… 둘만의 방이라거나…….

그런 방으로 들어가고 싶어. 당신의 손에 이끌려.

그렇게 바라고 있는데.

하지만 다나카 씨는 눈치채지 못한 것 같았다.

다시 한 번 미안하다고 사과하고는 서둘러 탕비실을 빠져나갔다.

"아……."

어떡하면 좋아……. 몇 달 만에 온 정말 중요한, 연애에 대해서는 잘 모르는 나조차도 확신할 수 있을 만큼 좋은 분위기였는데.

나는 바닥에 주저앉아 얼굴을 묻었다.

아직도 나를 감싸고 있는 것 같은 그의 향기.

귓가를 속삭이는 그의 목소리가 머릿속에서 몇 번이고 재생됐다.

「짧은 머리가 너무 귀여워…….」

"정말……?"

그렇게 물어보지만, 뒤늦은 질문에 대답해 줄 사람은 이제 곁에 없었다.

다나카 씨가 가져왔던, 그가 사용한 머그컵에 조심스레 입을 맞췄다.

정말 기뻤다.

그 사람은 날 좋아한다.

등줄기를 타고 전해지던 열기가 말하고 있었다. 그저 기분 탓이 아니었다…….

그랬는데도 난…….

사무실로 돌아오니 따분한 표정으로 컴퓨터에 전표를 입력하고 있던 아야가 돌아봤다.

"오래 걸렸네."

"응?"

"설거지."

"아아…… 응."

아야에게 탕비실에서 있었던 일을 말해야 할까 잠깐 고민했다가 애매하게 말끝을 흐리고야 말았다.

사무실은 좀 전의 지진은 어느새 잊고 다들 분주하게 업무에 집중하는 분위기였다.

그 와중에 좀 전의 일을 꺼내봤자 아야가 큰 목소리를 내며 분위기만 흐릴 것 같았다.

뒷자리에 있던 선배 직원들이 나에게 눈인사를 던졌다.

"설거지거리가 많았지? 수고했어."

"자기 컵은 자기가 씻을 것이지! 이 아저씨들 정말!"

아야는 반대편에 있는 부장님한테까지 들릴 정도로 크게 소리쳤다. 잠깐 침참해 있던 사무실이 그 외침으로 인해 한차례 왁자지껄해졌다.

"미안! 다음엔 내가 할게!"

"늘 그 소리잖아요! 자기 건 자기가 해요!"

시원시원한 나의 소꿉친구.

뭐든 터놓고 얘기하는 사이지만 난 방금 일어난 일을 결국 얘기할 수 없었다.

「아이리가 자꾸 그러면 내가 확 다나카 씨랑 사귀어 버린다?」

농담이라고 손사래 쳤지만… 점심시간에 했던 그 말이 혹시 진짜라면?

문득 느껴지는 시선에 얼굴을 들어보니, 건너편 책상에서 다나카 씨가 날 쳐다보고 있었다.

다나카 씨는 눈이 마주치자 얼른 시선을 돌려 버렸다.

…오해하고 있구나.

내가 분명히 자신을 싫어하는 거라고 오해하는 게 분명했다.

마음은 지금이라도 당장 달려가 그게 아니라고 하고 싶지만, 쉽게 움직일 수는 없었다.

그래도 초조해하지 말자고 생각했다.

다나카 씨가 기다려 주기를.

내가 자신을 가지고 그의 옆에서 웃을 수 있을 날까지…….

다시 왕 선생님한테 치료를 받으러 가보자.

어서 빨리 이 고민이 사라지도록.

완전히 낫지 않아도 적어도 눈에는 띄지 않게.

그렇게 생각했기 때문에, 그 장면을 목격했을 때는 정말 충격에 빠졌다.

거짓말!

어째서……?

짧은 머리가 귀엽다고 해놓고.

거짓말쟁이…….

        *   *   *

"왜 그래요, 아이리 씨?"

불쑥 치료원으로 찾아간 날 보자 왕 선생님이 물었다.

"무슨 일 있군요."

이 사람은 뭐든지 알고 있는 것 같다.

아니, 지금 내 얼굴을 본 사람이라면 누구라도 알 수 있겠지.

"좀 더 빨리 듣는 약은 없나요?"

비싸도 돼요. 급해요.

울지 않으려고 단단히 마음먹었지만 걱정스레 날 바라보는 그 눈빛에, 말을 하자마자 눈물이 나올 것 같았다.

뜨거워진 눈시울을 감추려 고개를 수그리자 금세 눈물이 왈칵 쏟아졌다.

"아야한테 지고 싶지 않아요."

제대로 된 설명도 없이 난 그렇게 내뱉고야 말았다.

왕 선생님이 가만히 내 얼굴을 살펴보았다.

못된 말을 내뱉은 난 부끄러워서 얼굴을 들 수 없었다.

하지만 진심이었다.

절대로 다나카 씨를 뺏기고 싶지 않았다.

왕 선생님이 천천히 입을 뗐다.

"금방 듣는 약은 없습니다."

내 걱정에 비해 매우 간단한 말이었다.

"그리고 아이리 씨의 증상은 한방(漢方)으로는 치료할 수가 없어요."

"에, 치료가 안 돼요? 이 흰머리는 안 없어지는 건가요?!"

말이 다르잖아요! 전에는 얼마든지 나을 수 있을 것처럼 이야기했으면서!

당황한 내가 소리치자 왕 선생님이 손을 내저으며 말했다.

"진정해요. 아이리 씨는 아직 젊어요. 흰머리는 서서히 줄겠죠. 다만……."

거기까지 말한 왕 선생님은 잠시 말을 멈추더니 '론! 렌!' 하고 손뼉을 쳤다.

"부르셨어요, 선생님?"

문을 열고 론과 렌이 얼굴을 내밀었다. 저번에 왔을 때와 변함없는 모습들이었다.

"신장계 경락에 기운이 넘치는 시간대니까 아이리 씨한테 저녁식사를 준비해 드리도록."

소년들은 왕 선생님의 제자라고 했다.

그래서인지 이렇듯 왕 선생님이 그들에게 숙제처럼 내주는 가르침이 있었다.

"메뉴를 생각해 봐."

"알겠습니다. 신장을 보양하는 메뉴로 해야겠군요."

"맛있는 메뉴로 준비하도록!"

소년들은 기합이 들어간 얼굴로 다시 안쪽으로 뛰어 들어갔다.

난 갑작스런 진행에 갑자기 어안이 벙벙해졌다.

"저기… 저는 그냥 약을 받으러 온 건데……."

"다 뜻이 있어서 그래요, 아이리 씨."

왕 선생님이 부드럽게 미소 띤 얼굴로 말했다.

"오후 다섯 시에서 일곱 시 사이에 신장을 보양하는 음식을 섭취하면 효과가 더 확실하답니다."

"그래요……."

그렇다면……. 나는 식욕은 없지만 식탁에 자리를 잡았다.

왕 선생님이 손가락으로 눈물을 훔치는 내게 손수건을 건넸다.

"이 시간대에 신장과 연결된 혈을 자극하는 것도 무척 효과적이죠."

"…효과적인 시간대가 따로 있었군요."

"네. 신기하죠?"

고개를 끄덕이며 내 머리를 쓰다듬던 왕 선생님이 갑자기 귓가에 대고 속삭였다.

"…식사 후에는 특별히 마사지도 해드릴게요."

"에……?"

…마사지라니, 어떤 마사지?!

저번의 '진찰'을 떠올리며 당황하는 내게 왕 선생님이 '무서워할 것 없어요'라며 다정하게 웃어줬다.

"사랑이 이뤄지는 마법을 알려 드릴게요."

약보다 훨씬 잘 들을 거예요.

5.

사랑이 이뤄지는 마법.
그건 북풍이 아니라
태양이 되는 것.

"북풍과 태양? 이솝 우화에 나오는 거 말씀… 응… 아… 아
항……!"
"쉿. 가만히 있어요."
"하, 하지만……! 아… 아아……."
오일을 바르는 왕 선생님의 손가락이 천천히 다리를 쓸어
내렸다.
"신장의 혈을 자극하는 마사지예요."
장딴지부터 허벅지까지 오르내리는 왕 선생님의 손놀림.
"으응… 아… 아아……."
"간지러워요?"
왕 선생님이 낮게 속삭이자 온몸에 소름이 쫙 끼쳤다.
뭐지, 이 기분은……?
간지러운 것과는 뭔가 다른, 가슴 저 안쪽이, 깊은 곳이 계
속해서 꿈틀거리는 듯한 이상한 기분이었다.
"가, 간지러워요! 이제 그만……!"
"안 돼요. 조금만 참아요."
혈을 누르는 것인지 왕 선생님의 손가락에 힘이 꾹 들어

갔다.

"아! 으으으······!"

지금까지와는 사뭇 다른 감각이 다리 끝까지 퍼졌다.

"아파요?"

"조, 조금······."

하지만 기분 좋았다······. 아픔 속에서도 묘한 쾌감이 등골을 서늘하게 만들었다.

아아······.

점점 멀어지는 의식을 붙잡으려고 세차게 고개를 흔들었다.

정신 차려! 아이리!

내 반응을 즐기듯 묘하게 웃음기를 머금은 왕 선생님의 목소리가 머리 위에서 들려왔다.

"이건 제라늄과 로즈우드를 배합한 오일이에요."

설명하면서도 마사지를 하는 손은 절대 쉬지 않는다.

"제라늄은 불안한 마음을 가라앉히고, 심신의 밸런스를 맞춰주죠. 로즈우드는 신장을 보양하고 세포를 활성화시키는데······."

"서, 선생님······."

"이렇게 발바닥의 용천(湧泉)이라는 혈부터 시작해 조해(照海), 태계(太谿), 복류(復溜), 음곡(陰谷)을 자극하면서 허벅지 안쪽까지······."

"선생님······!"

나로서는 드물게, 목소리를 높여 왕 선생님의 말을 잘

랐다.

지금 내가 알고 싶은 건 그런 게 아니란 말이야!

"네? 왜요?"

"…부, 북풍이랑 태양이 무슨 뜻이냐고요."

"네? 뭐라고요?"

"……!!!"

능청스럽게 눈썹을 들어 올리며 되물어오는 모습에 이상하게 열이 받았다.

"사랑의 비법 말이에요!"

마사지 전에 왕 선생님이 그 입으로 말한 바로 그거!

"아아. 그거 말인가요."

죄송, 죄송.

왕 선생님이 아무렇지 않게 웃었다.

내 표정이 다소 샐쭉해진 것을 눈치챘는지 웃음기 머금은 어투로 왕 선생님이 물었다.

"이솝 우화에서 북풍과 태양이 누가 먼저 여행자의 옷을 벗기는지 내기를 하죠?"

북풍이 차가운 바람을 불면 불수록 여행자는 옷깃을 꼭 여미기만 할 뿐이었다.

그 반면에 태양이 뜨거운 햇빛을 내리쬐자 여행자는 옷을 훌훌 벗어버리고야 말았다.

"사랑도 마찬가지예요. 북풍이 아니라, 그의 태양이 될 것."

"태양이라니……"

너무 추상적인 말 아닌가?

한 번에 탁 와 닿지 않는 해법이 비법이라고 할 수 있을까?

의아하게 생각한 내 마음을 꿰뚫어봤는지 왕 선생님이 피식 웃었다.

"미간의 주름 펴세요."

"에? 아아……."

미간을 만지작거리며 왕 선생님을 올려다보았다.

왕 선생님은 마치 자신이 태양이라도 된 듯 따스하게 미소 지었다.

"태양이라 함은 따끈따끈한 햇빛과 같은 미소로 그의 마음을 열고, 편안하게 사랑을 내리쬐도록 하는 것."

그 눈빛이 묻고 있었다. 지금까지 그렇게 했었나요?

할 수 있었다면 진즉에 그렇게 했겠지!

가슴 깊은 곳에서 검은 한숨이 새어나왔다.

왕 선생에게 이런 얼굴을 보이고 싶지 않아 두 손으로 눈을 가렸다.

아야도 그런 소리를 했었다.

어서 '그 마음'을 보여주라고.

…할 수 있었으면 벌써 그렇게 했을 테지. 몇 번이나 속으로 해대는 변명이지만…….

왕 선생님이 조용히 내 손을 얼굴에서 떼어냈다.

"화났어요?"

"예? …아니요."

갑자기 그렇게 물으니 민망해졌다.

괜히 멋쩍어져서 옆으로 돌아눕자 왕 선생님이 등 뒤로 날 감싸 안았다.

심장이 다시 제멋대로 쿵쾅거리기 시작했다.

왜, 왜 갑자기 이러는 거지……?

이것도 치료인 건가?

이상해……!

"아… 저어……!"

뭐라고 말하려 했지만, 그 시도는 들려온 왕 선생님의 말에 가려졌다.

"아이리 씨. 스스로에게 변명하는 건 이제 그만두세요."

왕 선생님이 내 귓불에 대고 나직하게 속삭였다.

그리고는 그날의 다나카 씨처럼 코끝으로 머리칼을 흐트러뜨렸다.

"흰머리는 차차 좋아질 거예요. …하지만."

둥그런 내 가슴의 윤곽을 따라 왕 선생님의 손이 올라왔다.

따뜻한 손난로를 감싸는 듯한 손길로 그의 두터운 손이 가슴을 쥐었다.

"아, 안 돼요……. 아아……."

입으로는 그렇게 말하지만, 좀 전의 마사지로 인해 온몸에 힘이 빠져나가 있었다. 그리고 그 손길이… 무척이나 부드러워 어느새 방어조차 제대로 되지 않았다.

가슴을 쥔 채 심장의 박동을 느끼듯 가만히 멈춘 왕 선생님이 말했다.

"안 되는 이유만 생각하는 성격은 한방으로는 치료가 불가능해요."

손가락이 옷 위에서 가슴의 정점을 찾아내더니 원을 그리듯 부드럽게 문지르기 시작했다.

아앗……!

나는 온몸에 퍼지는 나른한 느낌을 겨우 물리치고, 왕 선생님의 손을 가슴에서 밀어냈다.

……싫어!

"하지 마세요……!"

왕 선생님이 난감한 듯 움직임을 멈췄다.

"왜요? 저번과 마찬가지로 마사지하는 것뿐이에요."

하지만 손을 떼진 않는다.

"가슴이 답답하죠? 제가 풀어드릴게요……."

"…시, 싫어요!"

목덜미에 숨결이 닿을 때마다 오싹오싹 전율이 솟았다.

그래도 나는 쾌감을 이겨내며 신음하듯 왕 선생에게 하소연했다.

"저… 저번에는 그렇게 했지만……."

하지만 이번엔 싫어요.

지금은 다나카 씨를 좋아하는 내 감정을 확실히 깨달았으니까.

그날의 감촉이 아직도 내 온몸에 남아 있으니까.

"…싫어요. 그, 그 사람 말고 다른 사람한테 몸을 맡기는 거……."

그 말에 왕 선생님은 몸을 일으키더니 좀 이상하다는 듯 찬찬히 내 얼굴을 바라봤다.

하지만 나와 눈이 마주치자, 왕 선생님의 얼굴에 흐뭇한 미소가 번졌다.

"정말 귀여운 사람이군요."

왕 선생님의 어조가 묘하게 바뀌었다.

"미안해요 아이리 씨. 당신을 단순한 겁쟁이로 오해했어요."

왕 선생님의 손가락이 마치 실크를 만지듯 부드럽고 조심스럽게 내 머리칼을 쓰다듬었다.

"다나카 씨는 정말 행운아예요. 당신 같은 여자의 순정을 독차지하다니."

"에! 그, 그런……."

순간 기쁜 마음에 지금까지의 일을 잠자코 되짚어봤다.

곧 다시 의기소침해질 수밖에 없었다.

아무리 생각해도 내가 그렇게 귀엽진 않았으니까…….

그래서 다나카 씨는 지금 아야 곁에 있는 거니까.

하지만…….

"태양 같은 건… 될 수 없어요."

좋아하니까 긴장했다.

생각한 대로 말하지 못하고, 눈이 마주치면 피해 버렸다.

그런 나에게 보였던 다나카 씨의 무안한 표정만 계속 떠올랐다.

"무슨 생각을 하고 있죠? 아이리 씨."

왕 선생님이 다정하게 머리칼과 어깨를 어루만졌다.

그 손에서는 나를 어떻게 해보려는 게 아닌, 그저 나를 아끼는 마음만이 느껴졌다.

하지만 내 입에서 튀어나온 말은…….

"아무것도……."

왕 선생님이 도리가 없다는 듯 난처한 얼굴로 쓴웃음을 지었다.

죄송해요.

사랑의 비법을 알려주셨지만 저한테는 소용없는 마법 같아요…….

속으로 그렇게 사과하는 수밖에 없었다. 겁 많고 소심한 내 성격을… 이제 와서 어떻게 할 수 있을 것 같진 않다. 나도, 다른 사람도…….

그때,

"아이리 씨. 좋은 거 하나 알려 드릴까요?"

왕 선생님이 내게 귓속말했다.

"잘 알려지진 않았지만, 북풍과 태양 얘기가 하나 더 있어요."

북풍과 태양이 여행자의 모자를 뺏는 내기를 했다.

그런데 이건 흔히 알려진 이야기와 달리 북풍이 이겼다.

"태양이 여행자를 뜨겁게 비추자 여행자는 그 햇살을 못 이기고 모자를 훅 벗어 던졌어요."

"……"

"그리고 나서, 북풍이 있는 힘껏 바람을 불었어요. 그러자 순식간에 모자가 날아갔죠."

무슨 이야기인지… 어쩐지 알 것 같았다.

"사랑도 마찬가지예요. 북풍으로 그 사람의 마음을 흐트러 뜨리는 경우도 있답니다."

"…그럼 저는 북풍인가요?"

"예를 들자면 그렇다는 거예요."

왕 선생님이 웃음으로 얼버무렸다. 무슨 말인지 좀 더 들어보고 싶어졌다.

"이 이야기의 교훈은, 뭐든지 적절한 수단이 있다는 거예요."

"적절한 수단……."

"그 사람은 내성적이고 무뚝뚝한 당신한테 끌렸을 수도 있어요. 갑작스러운 북풍에 모자를 채인 것처럼."

그럴 수도 있다. 이런 나에게 처음부터 호감을 보여줬으니까.

잠깐 그렇게 희망을 가졌다가, 이내 다시 침울해졌다.

"하지만 환하고 다정한 아야한테 가버렸잖아요."

가슴이 아릿하게 아파왔다. 두 사람이 다정하게 웃으며 걸어가던 그 모습이 내 머릿속에서 떠나지 않았다.

왕 선생님이 말을 이었다.

"차가운 바람에 몸이 꽁꽁 얼었던 사람은 따뜻한 태양이 나타나면 그 햇살 속으로 정신없이 달려나가게 되죠."

좋은 이야기가 아니다. 머릿속이 싸늘하게 식었다.

"그만 됐어요……."

역시 듣고 싶지 않았다. 누구든 나보다는 아야를 좋아할 거야……. 그게 당연해.

왕 선생님이 내 머리칼에 키스했다.

"하지만 그 사람은 당신을 좋아해요. 그리고 나도……."

"에! 어, 어째서요…?"

의외의 이야기에 눈을 크게 떴다. 왕 선생님이 어깨를 으쓱하는 제스처를 취해 보였다.

"글쎄. 어째서일까요. 원래 사랑은 그런 것 아닐까요?"

왕 선생님이 내 짧은 머리칼을 풀어헤치듯 쓰다듬자 속에 가려둔 흰머리가 잔뜩 드러났다.

내 이마에 왕 선생님이 가만히 입술을 갖다 대듯 가까이 다가왔다. 자연스레 머리카락 속에 코끝이 파묻혀 얕은 숨결이 느껴졌다.

가볍게 뒷머리를 헝클어뜨리는 손길이 따뜻하다.

누가 내 머리를 만지는 건 질색이었다.

하지만 지금은 작은 고양이가 된 것처럼, 쓰다듬는 그 손길이 너무 편안했다.

"아직 늦지 않았어요."

부드러운 목소리로 말해준다.

"그 사람을 만나러 가세요. 그리고 그 사람의 품에 안겨 보고 싶었다며 환하게 미소 지어주세요. 지금은 그게 적절한 수단이에요. 태양이 되는 것."

"…에에? 전 못해요."

"할 수 있어요. 간단해요."

그야 선생님한테는 간단하겠죠……

내가 뾰로퉁한 얼굴로 중얼거리자 왕 선생님은 '못 말린다니까'라며 쓴웃음을 지었다.

"그럼 용기를 내도록 내 비밀을 하나 말해줄게요."

특별대우예요, 이거.

6.

자, 용기내서 웃어요. 그 사람은 분명히 뒤돌아볼 거예요.

그때 비밀을 털어놓는 거예요.

당신의 콤플렉스를.

엣! 흰머리를?!

"말도 안 돼! 그 사람한테만은 알리고 싶지 않아요!!"

머리를 감싸 쥔 나에게 왕 선생님은 '왜죠?'라며 어깨를 까딱였다.

"말하고 나면 편해질 거예요."

뜨거운 눈빛이 나를 똑바로 쳐다보고 있었다. 신기하게도 난 그 눈길에 움츠러들지 않고 바로 바라보고 있었다.

"신장이 약해서 치료를 받고 있다고 하세요. 그게 부끄러워서 당신을 피했다고, 솔직하게."

"……"

"괜찮아요. 그 사람은 오히려 당신을 사랑스럽다고 생각할 거예요. 용기를 내봐요."

"그러다 차이면?"

왕 선생님이 하아~ 하고 한숨을 푹 내쉬었다.

"아이리 씨. 당신은 너무 일일이 따지고 재는 성격이네요."

우우……. 나도 안다구요. 알아요.

"그 사람이 아픈 사람을 받아들이지 못할 정도밖에 안 되나요?"

그 목소리가 다소 엄해졌다.

"만약 그렇다면 사랑할 가치도, 고민할 필요도 없어요. 아야 씨든 누구한테든 줘버려요."

그렇게 말해도… 사람 마음이 그런 식으로 명쾌하게 결론나지 않으니까 문제 아닌가.

"…선생님은."

겨우겨우 용기를 내어 말했다.

"선생님은 몰라요……."

구석으로 내몰린 듯 무섭고 갈피를 잡을 수 없는 이 기분……. 선생님은 모른다구요.

"알아요!"

왕 선생님의 입술이 못마땅한 듯 뒤틀렸다.

아. 선생님도 이런 표정을 짓는구나…….

"사랑을 하면 누구든 꼴사나워지죠. 좋아하면 좋아할수록 사소한 것에도 동요하니까."

그렇게 말하는 왕 선생님의 목소리는 묘하게 격앙되어 있었다.

늘 부드럽고 여유로웠던 음성과는 전혀 달랐다.

난 눈을 동그랗게 떴다가 샐쭉한 표정을 다시 지어 보였다.

"하지만 선생님은 차인 적 없잖아요?"

"아니! 나도……."

잠깐 말을 멈춘 왕 선생님이 가볍게 헛기침을 했다.

"뭐, 아무튼."

에잇! 더 말해주지!

아쉬움에 눈빛을 쏘아보냈으나 더 말할 생각은 없어 보였다.

왕 선생님은 내 이마에 입을 맞춘 후 '빨리 그 사람한테 가봐요'라고 말했다.

"설마 선생님의 비밀이 그거였어요?"

"글쎄. 뭐였을까요. 그건 됐으니까 얼른 가요. 이러다 완전히 늦어버릴지도 몰라요."

찔러봤지만, 왕 선생님은 어느새 평소 같은 부드러운 미소를 띤 얼굴을 만들어 보였다.

"어서 가봐요."

괜한 찜찜함을 남긴 채 치료원을 나서자 이미 해는 죄다 저물어 밤이 되어 있었다.

왕 선생님이 재촉하는 바람에 얼떨결에 다나카 씨의 숙소까지 오긴 했지만…….

"잠깐만……."

현관 앞에 서서 난 우두커니 집을 올려다보았다.

밤 열 시가 넘은 시간에 초인종을 누르다니……. 이거 좀 위험한 거 아닌가? 꼭 스토커 같잖아.

"…여, 역시 안 되겠어!"

나는 황급히 발걸음을 되돌렸다. 위험하고 무서운 여자로 보일 것 같았다…….

하지만 어찌 됐든 내가 이렇게 대담한 행동을 하다니.

매일 시키면 도시락을 싸갖고 다니며 신장을 보양한 효과가 나타나는 건가.

북쪽에서 불어오는 싸늘한 바람에 나는 코트자락을 꼭 여미며 길을 걸었다.

눈앞에 보이는 편의점 유리에 '오뎅'이라는 문구가 붙어 있었다. 겨울이 온 것이다.

"그래도 차가운 것보다는 따뜻한 게 좋겠지……."

차갑게 굴려고 한 건 아니었다.

단지 아야처럼 남자들과 스스럼없이 말을 섞을 수 없었을 뿐.

좋아하니까 더더욱.

생각할수록 기분이 가라앉았다. 나는 비틀거리며 희미하게 빛나는 편의점의 불빛 속으로 빨려 들어갔다.

겨울이 지나가기 전에 다나카 씨와 함께 단둘이서 따끈할 걸 먹을 수 있는 날이 오긴 올까…….

엣……!

"아이리⋯⋯!"

"아이리 씨⋯⋯!"

화들짝 놀라는 두 사람이 난감한 표정으로 서로 마주봤다.

말도 안 돼⋯⋯!

우두커니 선 내 눈으로 다나카 씨 손에 들린 오뎅과 맥주가 든 봉지가 들어왔다.

이 시간에 둘이서 편의점에서 술을 사들고 나온다는 건⋯⋯.

그랬구나.

지금부터 둘이서,

다나카 씨 집에서,

오뎅과 함께 맥주를 마시려고 했구나.

"아⋯⋯. 미, 미안."

나는 왜 사과하는지 알지도 못한 채 그렇게 중얼거렸다.

그리고 필사적으로 내가 여기 있는 이유에 대한 변명거리를 생각했다.

근처에 친구 집이 있거든.

친척집이 바로 옆이야.

산책 삼아 걷다 보니 여기까지⋯⋯.

하지만 결국 아무 말도 못하고 고개만 수그렸다.

처음 보는 다나카 씨의 스니커와 낯익은 아야의 부츠.

차마 서로 아무 말도 꺼내지 못하는 분위기 속에서, 편의점 앞에서 묘한 침묵이 흘렀다.

이 타이밍에 만약 손님이라도 나오거나 행인이라도 있었

다면 그 어색함을 핑계로 도망칠 수도 있었겠지만, 난 그런 생각조차 하지 못할 정도로 얼어 있었다.

"으이그, 정말. 그러니까 내가 싫다고 했잖아."

어색한 침묵을 깨뜨린 건 역시나 아야였다.

고개를 들어보니 아야는 나와 눈도 마주치지 않고, 다나카 씨에게 짜증을 쏟아냈다.

"제대로 설명해 둬! 알았지?!"

그리고 재빨리 내 옆을 스쳐 지나갔다.

"앗! 아, 아야!"

그리고는 다급하게 붙잡는 다나카 씨의 목소리를 무시한 채 지하철역을 향해 걸어갔다.

뭐였지? 방금 그 표정은?

날 스쳐 지나가는 순간 찡긋해 보인 그 눈짓은……?

당황한 내가 말했다.

"얼른 쫓아가! 이러면 내가……."

이러면 내가 곤란해……!

문득 그런 생각이 강하게 들었다.

다나카 씨가 좋긴 하지만 이런 문제로 아야와 어색해지기도 싫었다.

만약 아야가 다나카 씨를 좋아하고, 다나카 씨도 아야를 맘에 들어 하는 거라면… 친구로서 내가 양보해야 하는 거 아닐까.

"다나카 씨, 얼른! 아야가 뭘 오해하고 있는 것 같아. 나는 괜찮으니까……."

조금 전까지만 해도 아야한테 지고 싶지 않다며 파르르 떨었으면서. 역시 난 우유부단하다.

이것도 신장이 약하기 때문일까?

아니다.

멀어져 가는 아야의 뒷모습에 가슴이 욱신거리는 것을 느끼며 생각했다.

아야는 언제나 나와 함께 있어줬어.

이대로 잃고 싶지 않아!

다나카 씨는 어쩔 줄 모르는 내 모습을 멍하니 지켜봤다.

초조해진 내가 다시 한 번 다나카 씨에게 소리쳤다.

"뭐하는 거야! 아야, 지금 오해하는 거니까 얼른 쫓아가라니까? 빨리!"

부탁이야……!

그때,

"그래……."

갑자기 다나카 씨의 눈가가 촉촉해졌다.

"그랬구나……."

에? 뭐지?!

전혀 생각지 못한 반응에 난 눈에 띄게 당황하고 말았다.

다나카 씨가 갑자기 그 자리에 풀썩 웅크려 앉았다.

"그랬었어! 역시 오해였어! 제길… 아야 이 인간!!!"

에? 에? 무슨 소리야?

한 번도 본 적 없는 다나카 씨의 아이 같은 모습에 깜짝 놀랐다.

"다, 다나카 씨……?"

"아— 난 정말… 나가 죽어야 돼!"

다나카 씨가 그대로 옆으로 쓰러지더니, 주차장 바닥을 데굴데굴 구르기 시작했다.

"아— 나 진짜! 완전 꼴사나워! 죽어야 돼, 죽어야 돼, 죽어야 돼!"

에에에~?

다나카 씨가 이런 사람이었어?!

회사에서 정장을 빼입고 있는 모습과는 완전 딴판이었다. 마치 아직 학생 티를 벗지 못한 것 같은…….

나는 납작 엎드려서 미동도 하지 않는 다나카 씨의 얼굴 옆으로 무릎을 쪼그리고 앉았다.

다나카 씨는 반쯤 울고 있었다. 항상 시원하게 웃는 모습인데, 오늘은 너무 슬퍼 보였다.

팔에 얼굴을 묻고 있던 다나카 씨가 잠깐 나를 올려다보더니 한숨을 푹 쉬고 다시 얼굴을 수그렸다.

"나… 아이리 씨를 좋아해……. 알고 있었겠지만."

에……?

갑작스런 고백에 지금까지와는 전혀 다른 세상이 열리는 것 같았다.

모든 것이 너무나 갑자기 분명해졌다.

뿌옇기만 하던 시야가 마치 안개라도 걷힌 듯 시원하게.

하긴.

운명이란 건 이렇게 갑자기 변하는 것일지도 모른다.

"아야 씨가… 아이리 씨도 날 좋아한다고 해서… 난 진짜 그런 줄 알고…… 오늘은 데이트 연습을 해보려고 한 건데……."

"데, 데이트 연습?!"

그게 뭐야?

내 표정을 읽었는지 힐끔 내 얼굴을 올려다봤던 다나카 씨가 다시 아이처럼 팔 속에 얼굴을 묻었다.

"아야 씨도 똑같은 소릴 하더라. 근데 남자들은 원래 좀 그래……."

나… 진짜 잘해보고 싶었단 말이야…….

마지막 붙이는 말은 너무 작아서 들리지 않을 것 같았다. 하지만 그 안의 진심은 정말 충분히 내 맘을 두들겼다.

문득 왕 선생님이 했던 말이 떠올랐다.

「사랑을 하면 누구든 꼴사나워지죠…….」

"…저기."

잠잠해진 다나카 씨에게, 나는 머뭇거리며 대답했다.

그러나 머뭇거린 것치곤 목소리는 매우 매끄럽게 나왔다. 마치 그렇게 될 것을 예상하고 있었다는 듯이.

"…나도 좋아."

"에?!"

다나카 씨가 벌떡 일어났다.

"아야 씨가 오해한 거라며?!"

"아니, 그 오해는 그 오해가 아니라……."

"에? 그럼 무슨?"

편의점 주차장에 무릎을 꿇고 마주본 상태에서 이런 중대한 국면을 맞다니. 이 순간, 우리야말로 세상에서 제일 꼴사나울지도 모른다!

하지만 난 다나카 씨에게 생긋 미소 지었다.

왕 선생님이 가르쳐 준 대로 따뜻한 햇살을 상상하면서.

그리고, 주차장에 내동댕이쳐진 오뎅 봉지를 가리켰다.

"오뎅 다시 사올게."

"응? 아, 아냐! 내가……."

"괜찮아, 내가 살게. 다나카 씨가 맥주 샀잖아."

데이트 연습은 나랑 계속하자. 아야 몫으로 샀던 맥주는 내가 마실게. 당신 집에서.

내 뜻을 알아차린 다나카 씨는 이번엔 감격으로 눈물을 글썽였다.

"나 오뎅 징말 믹고 싶있어!"

쑥스러운 듯 뜸을 들이더니 '아이리 씨랑' 이라고 덧붙이는 게 너무 귀여웠다.

모든 것이 잘될 것 같았다. 서로의 마음도 통했으니 아무런 문제도 없을 것 같았다.

하지만 아직은 장애물이 많다.

그럼에도,

차가운 뺨이 뜨겁게 느껴졌다.

7.

새우를 곁들인 목이버섯볶음.

흑미와 밤을 섞은 밥.

검은깨를 뿌린 오징어무침.

그리고 바지락미역국.

식후에는 검은깨푸딩과 생강시럽을 넣은 두유라떼.

"이런 밥 너무 좋아."

새우 껍질을 벗기면서 다나카 씨가 말했다.

요리를 좋아하다니 의외야. 하지만 기쁜데?

"정말? 별로가 아니라?"

온통 거무튀튀한 색깔이라 보기가 좀 그렇지 않을까?

자신없어하는 내게 다나카 씨가 웃으며 고개를 가로저었다.

"무슨 상관이야. 메뉴 선정도 좋고, 영양도 가득해 보이는데. 매일 먹으려면 이런 걸 먹어야지."

즐겁게 말하는 모습을 보니 괜히 뿌듯해졌다.

"그날 도시락을 보고도 얼마나 감탄했는지 몰라."

"그, 그랬어?"

"왜 도시락을 가리는지 의아했지만."

"미, 미안……."

이렇게 둘이서 부엌에 나란히 서 있다니… 꿈만 같다.

그리고 함께 누군가를 대접하다니.

방에서 재촉하는 소리가 들려왔다.

"아직 멀었어? 배고파~!"

으이그, 하여간!

우리는 서로 마주보며 웃었다.

할 수만 있다면 둘이서 계속 이렇게 요리를 준비하면서 같이 있고 싶지만, 아야는 기다려 주지 않았다.

오늘은 둘이서 아야에게 '감사 인사'를 하는 날.

아야가 없었다면 우리는 계속 어긋나기만 했을지도 모른다.

"그래도 그렇지, 흰머리 때문에 날 그렇게……."

다나카 씨가 내 정수리를 들여다봤다.

시, 싫어! 보지 마!

당황하는 나에게 그는 상처받은 표정을 지었다.

"정말로 눈에 안 띈다니까."

"그, 그래도 난 신경 쓰인단 말이야!"

"흐응. 그래?"

아이리 씨의 그런 모습도 내 눈엔 너무 예뻐 보여, 하고 다나카 씨가 말했다.

"그리고 난 진짜 신경 안 쓰니까 아이리 씨도 너무 신경 쓰지는 마."

왕 선생 말이 맞았다.

「괜찮아요. 그 사람은 오히려 당신을 사랑스럽다고 생각할

거예요.」

이런 사람이라 다행이야.

좋은 사람을 만났다는 생각에 가슴이 벅차올랐다.

"아야는 아무리 물어도 안 가르쳐 주더라고."

"내 흰머리를?"

"응. 심각한 고민이 있어서 솔직하게 굴지 못한다고만 했어."

하얗게 잘 익은 밥을 그릇에 담으며 다나카 씨는 아야의 말을 떠올렸다.

"그러니까 기죽지 말고 어서 가서 붙잡으라고. 아니, 그러니까 그 고민이 뭐냐고 아무리 물어도 같은 말만 되풀이하고……"

그랬구나. 그렇게 말해줬구나, 아야가.

하지만 분명…….

문득 떠오른 생각을 다나카 씨에게는 말할 수 없었다.

아야가 날 잘 알고 있는 것처럼 나도 아야를 잘 알고 있다.

「불쌍한 다나카 씨.」

「아이리가 자꾸 그러면 내가 확…….」

아야도 어쩌면… 다나카 씨에게 진짜 마음이 있었을지도 모르는데.

"와— 맛있겠다!"

우리 둘이서 만들고 가지고 나온 요리를 본 아야가 두 손을 번쩍 들며 즐거워했다.

아야는 눈을 반짝이며 '잘 먹겠습니다~!' 하고 손을 잠깐 모았다가 곧바로 음식들을 와구와구 먹기 시작했다.

"짱 맛있어! 장담하건대 아이리는 진짜 좋은 신부가 될 거야!"

"아, 아야……!"

그런 미묘한 화제는 제발…….

허둥거리는 나와 달리 다나카 씨는 눈꼬리가 축 처지도록 싱글거렸다.

"그렇지? 예쁜 데다 요리까지 잘하다니 나 완전 행운아라니까?"

"아휴, 팔불출……!"

"뭐야~! 자기가 먼저 시작해 놓고."

"시끄러! 다나카는 조용히 있어! 근데 코타츠를 꺼내기엔 좀 이른 계절 아니야?"

"응? 나는 계속 꺼내놓고 사는데?"

"우엑! 어쩐지 담요에서 퀴퀴한 냄새가 나더라니……."

"죽을래? 냄새 맡지 마!"

성을 내지만 어딘가 즐거워 보이는 다나카 씨.

와— 사이좋다.

왠지 질투가 났다.

하지만 곧 속 좁게 구는 스스로를 다독이며 잔에 라떼를 더 부었다.

언젠가는 나도 저런 식으로… 저렇게 다나카 씨한테 농담을 툭툭 던질 수 있었으면.

"우웅……. 역시 신장을 좀 더 보양해야……."

"응? 뭐라고?"

"아, 아무것도 아냐!"

잠깐 정신을 놓고 있었더니 생각하던 게 그대로 흘러나와 버렸다. 난 허겁지겁 입을 다물며 라떼를 마시는 척을 했다.

흐음… 하고 의심스러운 눈으로 쳐다보던 아야가 다시 감개무량한 표정으로 날 바라봤다.

"아이리한테 남자친구라……."

나도 아직 안 믿기는 사실을 남의 입을 통해 들으니 더더욱 부끄러웠다…….

갑자기 아야가 벌떡 일어섰다.

"잘 먹었어. 그럼 방해꾼은 이쯤에서 이만. 다나카 씨, 아이리 잘 부탁해!"

아야는 손을 흔들며 사라졌다.

"…성질도 급하지."

다나카 씨는 바람처럼 사라져 버린 아야를 보고 혀를 내두르며 현관에 선 채로 멋쩍게 뒷목만 긁적였다.

오붓한 시간 보내라고 금방 자리를 피해준 아야.

하지만 단둘이 있을 때 우린 아직 서로 좀 어색했다.

어쩔 줄 몰라 슬쩍 눈을 옆으로 돌린 채 있을 때, 다나카 씨의 손이 조심스레 옆으로 뻗더니 내 손을 꼭 잡았다.

꺄…… 아아아!!!

그것만으로도 가슴이 두근거렸다.

"바, 방으로 들어갈까?"

"으, 으응……."

코타츠 뒤로 바로 침대가 놓인 다나카 씨의 방.

저번에도 긴장했지만 결국 얘기만 하다 돌아갔다.

하지만 오늘은……?

아니야. 다나카 씨는 그런 사람이 아니야. 아직은 때
가…….

방으로 돌아가는 그 짧은 시간 동안 내 머릿속에 수많은
생각이 떠올랐다가 사라졌다.

다나카 씨를 믿는다.

…하지만 실은.

내 쪽이 더 엉큼한 생각을 하고 있는 것 같다.

반바지 아래로 곧게 뻗은 정강이와 커다란 복사뼈.

그리고… 부드러운 옷감 때문인지, 뭐랄까, 다나카 씨의
그 부분이 묘하게 몽글몽글하게 도드라져서…….

"아! 정리 좀 해야겠다……."

다급히 그의 손을 뿌리치고 코타츠 위의 접시들로 손을 뻗
을 때였다.

……앗!

다나카 씨가 갑자기 뒤에서 감싸 안는 바람에 꼼짝달싹할
수 없었다.

등을 통해 뜨겁게 전해져 오는 체온.

아… 어떡하면 좋지……? 심장이… 숨을 쉬기가 힘들 정도로…….

"…탕비실 때 같다."

아아아, 이 분위기에 좋지 않은 이야기를 꺼낸 것 같아!

바짝 긴장하고 있었는데, 하지만 그는…….

"…응."

조용히 속삭이더니, 그때처럼 귀와 목덜미와 관자놀이에 쉼없이 입을 맞췄다.

"아… 아아… 아……."

이… 이러면 안 되는데…….

다리에 힘이 풀려 서 있을 수가 없어진 나는 바닥으로 주르륵 미끄러져 내렸다.

다나카 씨가 다시금 나를 꼬옥 껴안더니 귓가에 속삭였다.

"쭉, 이렇게 하고 싶었어……. 아이리 씨가 자꾸 눈에 밟혀서… 어떡하면 아이리 씨한테 다가갈 수 있을까 생각하고 또 생각하고……."

숨결이 뜨겁다. 목덜미에 그의 숨이 닿을 때마다 파직파직 몸에 전류가 흐르는 것 같았다.

"날 싫어할지도 모른다고 생각했지만 아무리 해도 포기가 안 돼서……."

다나카 씨의 입술이 목덜미를 깨물듯이 강하게 덮쳐눌렀다.

뜨겁게 젖은 혀가 까슬까슬한 머리칼을 정성스럽게 핥았다.

아아… 더는 못 참겠어.

키스를 하고 싶어진 내가 몸을 비틀어 그를 돌아봤다.

당신과 하고 싶어…….

얼싸안은 채로 바닥에 쓰러진 우리는 몇 번이고 몇 번이고 입을 맞췄다.

마치 폭풍에 휘말린 것처럼,

나는 다나카 씨의 탄탄한 등에 팔을 두르고 그를 끌어당기며 정신없이 그의 입술을 찾아나섰다.

다나카 씨의 입술이 꼭 나를 집어삼킬 듯 격렬하게 덮쳐왔다.

커다란 혓바닥이 윗입술을 훑더니 이내 이빨 사이로 미끄러져 들어왔다.

"으응… 후… 으응… 하아……."

턱을 어루만지는 손길에 등줄기를 타고 전율이 솟았다.

입속으로 밀려 들어오는 다나카 씨의 혀를 받아 삼키고는, 찰박찰박 문지르듯 빨아들였다.

다나카 씨가 나에게서 힘겹게 입술을 떼더니 뜨거운 한숨을 내뱉었다.

그리고 끌어안은 채로 날 물끄러미 바라봤다. 욕망으로 이글거리는 뜨거운 눈이었다.

아아, 나는 지금 어떤 얼굴을 하고 있을까. 왠지 무서워…….

순간 눈을 감고 얼굴을 외면했다. 하지만 그 순간, 왕 선생님의 말, 그리고 아야의 말이 떠올랐다.

나는 용기를 내서 그를 다시 바라보며, 쥐어짜듯 전했다.

지금의 솔직한 기분을.

"…좋아해."

다나카 씨가 얼굴을 붉히며 무언가를 참는 것처럼 눈을 질끈 감았다.

"안 되겠어. 이제 한계야……!"

그리고는 벌떡 일어서서 마치 중력 따위는 없는 것처럼 훌쩍 날 안아 올려 침대로 향했다.

"꺄악!"

침대 시트에서 빳빳하게 새로 먹인 풀 냄새가 났다.

"새 걸로 갈아놨어."

너무나 좋아하는 사람이 겸연쩍은 듯 웃었다.

"미안. 나 오늘은 아이리 씨 집에 안 보낼 생각이었어."

8.

왕 선생님보다 조금 난폭한 것 같다.

서툴기도 하다.

하지만 거친 숨결이, 땀이 밴 피부가, 애태우는 혓바닥이,

이 사람의 진심을 나한테 전해준다…….

"아… 아아…. 으… 하아……."

다나카 씨가 나의 가슴 안쪽에서 겨드랑이 사이에 촘촘히 입 맞추는 동안, 나는 그런 생각을 하며 간질간질한 쾌감에 젖어들었다.

외설스러운 내 모습이 부끄러웠지만… 다나카 씨는 팔꿈치를 내릴 생각을 하지 않았다.

다나카 씨가 갑자기 내 다리를 벌린 채로 덮쳐누르는 바람에 놀라서 저항했다.

하지만 삽입하려는 게 아니었다.

다만 큰 손으로 내 팔을 누른 채, 욕망이 뚝뚝 묻어나는 눈으로 내 몸을 바라봤다.

"아름다워……."

감동까지 묻어나는 약간 갈라진 목소리.

다나카 씨의 입술이 다시 내 입술을 덮치더니, 귓불, 턱, 목, 쇄골을 타고 허벅지까지 내려갔다…….

"아, 아아… 아… 아항……!"

내 유두를 자극하는 단단한 가슴팍과, 잔뜩 약이 오른 채로 내 아랫도리 사이로 파고드는 그의 분신…….

"아하… 아아아… 아으으응……."

몸을 움츠릴수록 묵직한 쾌감이 아랫도리를 타고 올라왔다.

활짝 벌어진 내 은밀한 계곡 사이의 꽃잎을, 부드럽게 솟아오른 그의 분신이 강하게, 약하게, 때로는 미끄러지는 듯 들어와 어루만졌다.

"아… 다나카 씨……."

"아이리!"

존칭을 생략한 다나카 씨의 말투에 나도 모르게 마른 침이 넘어갔다. 뜨거운 혓바닥으로 들이마시듯 그가 유두를 강하게 빨자 눈도 제대로 뜰 수 없었다.

"아이리……."

다나카 씨는 마치 아이가 사탕을 빨듯이 혀로 유두를 할짝였다.

그 몸짓에 여유 따위는 없었다. 내가 달뜬 신음을 내뱉을 따마다 그의 숨결은 더욱 거칠어졌다.

"좋아해, 아이리……."

그의 손바닥이 격정을 못 이긴 듯 내 가슴을 움켜잡았다.

아프다… 고 생각한 것도 한순간.

"아학……!"

위로 고개를 바짝 쳐든 다나카 씨의 분신이 내 다리 사이로 무지막지하게 밀고 들어와, 나는 반사적으로 무릎을 오므리려고 했다.

"아아… 제발!"

하지만 무릎이 오므려지지 않았다.

"제발! 다나카 씨! 잠깐만, 제발! …아으윽!"

축축하게 젖은 그곳에 닿은 다나카 씨의 단단한 물건이 찌걱찌걱 소리를 내기 시작했다.

"아아… 안 돼… 그만……."

다나카 씨가 흥분한 듯 거세게 허리를 놀렸고, 그때마다 엉덩이 쪽으로 물컹물컹한 뭔가가 닿았다.

그리고… 아아아아아……!

아앗! 안 돼, 거기는……! 거기는… 너무 흥분돼!

그의 분신은 위아래로 오르내리며 단단히 부풀어 오른 작은 나의 꽃잎을 이리저리 짓이겼다.

그리고 이따금, 은밀한 계곡의 실루엣을 덧그리듯 부드럽게 문질렀다.

"으으으… 아하… 악!!!"

기, 기분 좋아……!

파르르 떨며 허리를 젖힌 순간, 다나카 씨가 무릎 안쪽에서부터 등으로 팔을 뻗더니 나를 안아 일으켰다.

"아앗… 잠깐……!"

그럼 전부 들어오잖아…!

황급히 다나카 씨의 목덜미를 부여잡았다. 살짝 돋아난 턱수염의 까칠까칠한 감촉. 시트러스 향과 땀이 뒤섞인 냄새. 곱슬곱슬한 뒷머리…….

넘쳐흐르는 은밀한 샘물 속으로 그의 물건이 들어올 찰나였다. 볼을 타고 다나카 씨의 목소리가 들려왔다.

"못 참겠으면 말해."

다나카 씨가 팔의 힘을 조금씩 풀기 시작했다.

"…윽! …아, 아아아… 아……!"

"히, 힘 빼야 돼."

그런 게 될 리가……. 하지만 내 몸은 분명 이 사람을 받아들이기 위해 만들어졌으리라…….

내 무게에 눌린 동굴이 조금씩 벌어지더니 그것을 받아들이는 게 느껴졌다.

나 때문에 서버린 그것을.

"으… 으응…! 아학……!"

괴로워하는 내 귀에, 목덜미에, 그는 입 맞추며 땀을 닦아줬다.

딱딱한 그것을 밀어제치고, 갑자기 뜨거운 덩어리가 안으로 쑥 들어왔다.

"……윽!!"

그를 꼭 껴안는 나를 다나카 씨 역시 꼭 껴안아줬다.

그리고는 내 짧은 머리를 흐트러뜨릴 듯 어루만지면서 키스를 퍼부었다.

곁에 와줘서 고마워.

쭉 이렇게 하고 싶었어…….

*　　　*　　　*

대기실 창문 너머로 교회의 삼각지붕과 만화경 같은 스테인드글라스 창문이 보였다.

초록이 눈부신 새 출발의 아침.

…아직도 믿기지 않아 손가락으로 베일을 만지작거렸다.

"아이리! 준비 다 됐어?"

문이 벌컥 열리더니 아야가 얼굴을 내밀었다. 뒤따라 모습을 드러낸 그녀의 드레스 차림에 난… 와아…….

"아야! 너무 예쁘다, 너!"

"뭐, 이 정도야 당연하지!"

아이리 너도 되게 예뻐, 그렇게 말하며 가까이 다가온 아야가 자신의 웨딩드레스 자락을 펄럭거렸다.

"더워~!"

"아이 참. 조금만 참아."

「우리, 어른이 되면 같이 결혼식을 올리자.」

어렸을 때 했던 약속을 정말로 이루게 될 줄이야. 하지만 기뻤다.

타임머신을 타고 가서 어린 시절의 나한테 말해주고 싶다.

넌 다나카라는 멋진 남자랑 결혼하게 될 거야…….

"아, 꽃이 비뚤어졌다."

아야가 내 귓가에 손을 뻗어 장식을 고쳐 주었다.

"머리… 결국 안 길렀구나."

"응. 다나카 씨가 짧은 게 좋대서."

"역시 그렇지."

아야가 미소를 지었다.

"아이리 넌 짧은 머리가 잘 어울리니까. 흰머리도 없어졌고."

"응. 그때… 같이 가줘서 정말 고마워."

왕 선생님의 치료실. 용기를 내서 가보길 잘했어.

하지만 다나카 씨와 사귄 이후 나는 한 번도 왕 선생님을 찾아가지 않았다.

보고 정도는 하러 가야겠다고 생각했지만 왕 선생님은 너무 다정하니까…… 나도 모르게 이성의 끈을 놔버릴까 두려웠다.

특히나 다나카 씨랑 다툰 날은 더더욱!

"그래도… 다나카 씨랑 정말 결혼까지 하게 될 줄이야."

그 이후로 남자친구가 세 번이나 바뀐 아야는 믿기지 않는 듯 고개를 절레절레 저었다. 난 쓴웃음을 지으며 대꾸했다.

"난 별로 인기가 없잖아."

"아니, 그건 아니지. 오히려 내가……."

말을 멈춘 아야가 문득 창밖을 바라봤다.

오늘은 너무 예뻐서인지 익숙한 옆모습이 순간 전혀 딴사람처럼 보였다.

"있지, 아이리."

"응?"

"나… 딱 한 번, 네가 싫었던 적이 있었어."

순간 내 가슴이 철렁 내려앉았다.

"뭐, 이제 다 잊었지만!"

아야는 다시 나를 돌아보며 아무렇지도 않게 웃었다.

그래……. 사실은 나도 알고 있었다.

"사실은 그때 나도 다나카 씨를 좋아했었어."

아야는 상쾌할 정도로 가벼운 미소와 함께 말했다.

몰랐던 척… 할까?

망설였지만… 깊이 숨을 들이마신 뒤, 나는 결국 이렇게 말했다.

"나도 딱 한 번, 네가 싫었던 적이 있었어."

하지만… 그래서 변할 수 있었어.

아야가 환하게 웃더니 부케를 휙 던졌다.

"느낌이 좋아, 아이리. 예전보다 더 네가 좋아졌어."

"고마워."

부케를 안은 나와 아야가 마주 보고 미소를 지었다. 마치 아주 오랜 시간을 거쳐 이제야 정말로 친구가 된 듯한 신기한 기분이었다.

직원이 문을 노크하고 들어오더니 손짓했다.

"신부님들, 시간 됐습니다."

"네!"

자. 그럼 가볼까.

나는 아야에게 눈짓을 보내고, 내 부케를 아야에게 건넸다.

"이거… 반대로 들고 가면 신랑들이 눈치챌까?"

"당근 모르지! 왜냐면,"

꽃보다 예쁜 우리한테 정신이 팔릴 테니까!

축하하는 폭죽과 꽃가루 속에서, 나는 문득 왕 선생님을 떠올렸다.

그러고 보니 왕 선생님의 비밀은 뭐였을까?
궁금하지만, 궁금증은 묻어둔 채로 그냥 넘어가지, 뭐.
왜냐하면…….

"세상에서 제일 예뻐!"
그렇게 말하며 마치 중력 따위는 없는 것처럼 훌쩍 날 안
아 올려주는,
소중한 사람과의 미래가 눈앞에 펼쳐져 있으니까.

차가운 몸(1)
세 사람이서 타오르는 관능

1.

목줄인데 사슬이 없다니.

"저…… 선생님……."

탁자 건너편에서 무정하게 외면하고 있는 탄탄한 뒷모습에 대고 애원했다.

선생님, 선생님. 제발… 선생님…….

사슬을 달아주세요, 저한테만.

목을 가누지 못할 정도로 무거운 것으로.

내 마음의 욕망이 들린 것일까.

돌아본 선생님의 입술 끝에 희미한 미소가 걸려 있었다.

"사슬 따위는 필요 없어요."

그리고 손을 뻗으며 날 홀리듯 속삭였다.

"이리 와요, 레이코(玲子)."

최면보다 강하게 내 마음을 잠식하는 그 목소리, 그 손길에… 난 무력하기만 했다.

*   *   *

"야마오카(山岡) 레이코 씨."

스스로를 '왕'이라고 소개한 그 남자는 절로 마음이 설렐 정도로 멋진 용모의 소유자였다.

그 외모만으로도 충분히 숱한 여자를 울릴 수 있을 텐데, 거기다 직업까지 의사라니.

난 쉽게 믿어지지 않는 기분으로 그의 앞에 앉았다.

그는 내 전신을 가볍게 시선으로 훑었다. 음탕한 의미는 전혀 담겨 있지 않은, 정말로 담백한 시선이었다.

그가 말했다.

"피부 트러블 때문에 애를 먹고 계시군요."

"네."

난 얌전히 고개를 끄덕였다.

"매일 꼼꼼하게 관리하는데도……."

반년 정도 됐을까.

하나가 나으면 또 다른 하나가 올라오곤 한다.

"전 ○○그룹의 비서실에 근무하고 있거든요……."

호오…….

왕 선생님의 눈이 놀라움과 함께 잠깐 커졌다가 잦아들었다.

누구나 보이는 익숙한 반응.

○○그룹의 비서실은 커리어 우먼이 갈 수 있는 최고의 위치라는 평을 듣는 곳이다.

직장을 다니는 여성이라면 누구나 동경하지만, 그렇기에 아무도 다닐 수 없는 곳.

이곳에 들어가기 위해선 실무 능력이나 언어 능력은 물론 아름다운 외모도 갖춰야 한다.

그 사실을 알고 있었는지, 왕 선생님은 솔직하게 말해주었다.

"그래서 이렇게 아름다우시군요."

"과찬이세요."

나는 얼른 손사래를 친 후 말을 이었다.

"매일 VIP 손님을 상대해야 하는데 피부 상태가 엉망이라 여간 곤란한 게 아니에요."

"그렇군요."

"그리고 평소엔 이렇게 화장으로 가릴 수 있지만……."

조금 부끄러운 기분을 감추기 위해 헛기침을 하고 다시 말했다.

"실은 눈 아래 다크서클도 심해요."

짐짓 고개를 끄덕이며 내 말을 듣고 있던 왕 선생님이 물었다.

"언제부터 그랬습니까?"

"작년부터였나……."

문득 쓸쓸한 생각이 들어 후우, 하고 깊은 한숨을 내쉬었다.

"하긴. 벌써 스물아홉 살이나 됐으니……."

약간의 피부 트러블이나 잡티는 어쩔 수 없을지도…….

십대는커녕 이제 이십대도 마지막이니 여러모로 기분만 복잡하다.

그런데, 왕 선생님은 이번엔 진짜로 깜짝 놀란 듯 눈을 동그랗게 떴다.

"벌써라니요? 아직 스물아홉이겠죠!"

"예……?"

오히려 내가 깜짝 놀라고 말았다.

"있잖아요, 레이코 씨."

내내 부드럽게 미소 짓고 있던 왕 선생님이 갑자기 언짢아진 듯 내 팔을 붙들었다.

"일본 여성에게 겸손은 미덕이죠. 하지만 레이코 씨와 같은 생각은 자기가 어리석은 여자라고 공언하고 다니는 것과 마찬가지예요."

"무슨……!"

어리석은 여자라니?!

폭언에 가까운 말에 경악한 나에게 더더욱 깜짝 놀랄 만한 일이 벌어졌다.

왕 선생님이 갑자기 내 턱을 잡더니 위로 치켜든 것이다!

뭐, 뭐하는 거야……?!

당황스러워하는 나에게 숨이 닿을 듯 가까운 거리에서 왕 선생님이 속삭였다.

"레이코 씨. 지금은 오히려 당신이 한창 피어날 때예요."

에……?

"이십대 후반에서 삼십대에 걸쳐 여성의 아름다움은…… 과일로 말하자면 숙성 상태에 들어간답니다."

진지한 눈빛이었다. 내 턱을 들고 바라보는 눈빛이 금방이라도 불을 뿜을 것 같았다.

"그건 여성뿐만이 아니라 남성도 마찬가지예요. 충분한 경험을 쌓은 지성과 아름다운 육체가 결합해서 커다란 꽃송이로 피어나는 거예요."

왕 선생님의 말은… 아니, 정확하게는 모르겠지만, 가슴이 떨려왔다.

그래, 그럴지도 몰라. 하지만 그것보다!

어떡하지? 입술이 닿을 것 같아! 눈을 뜨고 있을 수가 없어……!

내가 당황을 하든 말든, 왕 선생님은 언짢은 목소리로 말했다.

"레이코 씨. 듣고 있어요?"

"네, 네에……."

"계속 들어요. 오히려 지금부터 그 아름다움을 갈고닦아야 할 때라고요."

왕 선생님이 마치 야단치는 것처럼 내 턱을 가볍게 흔들었다.

"그런데 왜 우는 소리나 하고 있죠?"

그렇긴…… 하지만…….

주저주저하며 눈을 떴다.

사슴처럼 맑게 빛나는 눈동자가 날 노려보고 있었다.

왜 그래요……? 화내지 말아요…….

"하지만……."

"하지만?"

"남자들이 모두 선생님처럼 생각해 주면 좋겠지만……."

기어 들어가는 목소리로 그렇게 말했다.

이제 곧 서른이 될 날 향하는 주변의 시선, 상사나 남자친구의 말…….

문득 서글픔이 밀려들어서 나도 모르게 눈을 내리깔았다.

그랬더니…….

아……!

어째서……?

나도 모르게 평소 습관대로 왕 선생님의 허리에 손을 둘렀다.

놀랐지만 싫지 않았으니까……. 아니, 선생님이 그럴 생각이라면…….

그 맑은 눈빛을 보고 있는 사이 이미 빠져들고 만 것일까.

하지만 왕 선생님은 그 따뜻한 입술을 금방 떼고 내게서 물러났다.

눈을 떠보니 아직도 어딘가 토라진 것 같은 눈빛이었다.

하지만 이내 얼굴색을 고치고, 마치 금방이라도 쓰러져 내릴 것을 만지듯 손가락으로 조심스럽게 내 뺨을 어루만졌다.

"레이코 씨."

"……네."

"확실히 남자들의 아둔함은 여자들을 몰아세워요. 하지만."

그 손가락이 입술에 닿자 난 다시 눈을 감았다.

"그렇다고 당신까지 아둔해지면 안 돼요."

어떡하면 좋지? 나 지금…….

"당신다운 모습을 버리면서까지 남자나 세상의 가치관에 물들 것 없어요."

나다운 모습?

그게 뭔데……?

"모르겠어요?"

"…네."

내 나이 스물아홉. 곧 서른을 바라보는, 모두가 동경하는 직장을 가지고 있긴 하지만 평범한 직장인이나 마찬가지.

지금껏 나다운, 본연의 내 모습 같은 것은 생각한 적도 고민한 적도 없이 살아왔다.

그런 나에게 나다운 모습을 잃지 말라는 말은… 딱히 제대로 와 닿지 않는 말이었다.

내 얼굴을 내려다보던 왕 선생님은 훗 하고 살짝 웃더니, 말했다.

"그럼 같이 찾아보죠."

왕 선생님이 갑자기 날 꽉 안아 올리는 바람에 신발이 벗겨질 뻔했다.

당황한 나를 강하게 껴안은 왕 선생님은 다시 나를 부드럽게 내려놨다.

진료실에 들어올 때부터 계속 신경 쓰였던, 자주색 시트가 깔린 침대 위에……

폭신한 이불 위로 등이 부드럽게 잠겨들었다.

머뭇거리는 나를 내려다보며 왕 선생님은 내 발목으로 손을 뻗었다.

그리고 신발을 벗겨 바닥에 떨어뜨리더니, 발가락에 부드럽게 입을 맞췄다…….

"맨발로, 그것도 남자 앞에서 그러면 안 돼요."

젖은 혀가 발가락을 가볍게 핥았다.

"아……!"

따뜻해…….

나는 등줄기를 타고 흐르는 전율을 느끼며 몸을 떨었다. 왕 선생님이 달콤하게 꾸짖었다.

"이제 겨울이라고요. 그런데 이렇게 얇게 입고 다녀요?"

왕 선생님은 발가락에서 발등을 오르내리며 부드럽게 입을 맞췄다.

그리고 따뜻한 손바닥으로 발을 천천히 어루만졌다.

평소에도 늘 차가운 편이던 발끝으로 왕 선생님의 온기가 스며들었다. 그 열기가 차츰차츰 발목, 종아리를 타고 올라오는 것 같았다.

아…….

손가락이 간질이는 것처럼 스커트 자락을 살짝 젖혔다가 다시 발목으로 돌아왔다…….

"아…… 아하……."

묘한 감촉에 나도 모르게 무릎을 꼬았다.

솜털까지 거꾸로 서는 것 같았다.

미묘하게 접촉하며 오가는 손바닥이 스커트 속으로 조금씩, 조금씩 올라오고 있었다.

"설마 이 안에 속옷 한 장밖에 없는 건 아니겠죠?"

"아…… 아……!"

그건…….

"말 안 해요?"

"으…… 으응…… 앗……!"

오싹한 감촉에 고개만 절레절레 흔드는 나에게 다시 왕 선생님의 책망이 날아들었다.

"정말 못 말리는 사람이군요."

차가운 듯, 아니, 장난스러운 듯 말한다.

"그럼, 보여주세요."

"아앗……!"

왕 선생님이 다리를 잡아 크게 벌리자 부끄러워진 나는 황급히 양손으로 얼굴을 가렸다.

잠들어 있는 아랫도리를 예리하게 관찰하는 왕 선생님의 눈길이 느껴졌다.

그리고… 벌써 젖기 시작한 그 중심을…….

"…이런. 훤히 다 비쳐 보이잖아요."

"그, 그게……!"

"대체 무슨 생각인 거예요? 이런 위험한 꼴로 돌아다니다니."

제발…… 화내지 마세요…….

하지만 그 목소리는 어딘가 편안하게 가슴을 울렸다.

꼭 어렸을 때 아빠가 야단치던 목소리 같았다.

어투나 그런 문제가 아니라, 진심으로 걱정하는 마음이 느껴졌다.

"죄송해요……."

"뭘 잘못했는지 진짜 아는 거예요?"

왕 선생님이 이빨로 가볍게 무릎을 물자 나도 몰래 신음이 터져 나왔다. 여기가 이렇게 흥분이 되는 곳이었던가……?

왕 선생님의 잔소리가 계속됐다.

"겨울에까지 이렇게 노출이 심한 옷을 입으면…… 행복은 저 멀리 날아간다고요."

…에?

무슨 말이지……?

당황하는 나를 향해 왕 선생님은 묘한 눈길을 던졌다.

"레이코 씨는 여러 가지로 착각을 하고 있어요."

제가 고쳐 드리죠.

남몰래 고민하고 있는 당신의 신체도, 그리고 마음도.

2.

가여워라.
당신은
차갑게 식어 있어요.
봐요, 이렇게…….

꼭 감은 눈꺼풀 위로 왕 선생님의 입술이 닿자 멋대로 신음이 새어 나왔다.

그 두터운 가슴에 안겨 있으니 너무 포근해서 울음이 터질 것 같았다.

"이것 봐. 여기도 너무 차가워……."

손바닥이 팔을 부드럽게 어루만졌다.

왕 선생님의 입술이 뺨을 스쳐 입가에 닿자, 나는 턱을 쳐들었다.

선생님, 좀 더 해주세요…….

왕 선생님은 마음속 소리마저 알아듣는 것 같았다.

왕 선생님의 가벼운 입맞춤이 점점 깊숙한 곳으로 스며들기 시작했다…….

"응…… 하아…… 으응……."

나는 스며드는 혀를 가로막지 않도록 입을 벌리고, 훤히 드러난 가슴을 감싸오는 손바닥의 움직임에 몸을 맡겼다.

부끄러웠다.

별로 크지 않으니까……

선생님이 깜짝 놀라지 않을까?

속옷을 벗으면 생각보다 훨씬 작을 텐데……

"으…… 으응……"

손톱 끝으로 유두를 가볍게 긁는 손길에 목구멍 너머로 신음이 터져 나왔다.

왕 선생님은 빠른 손놀림으로 단단하게 솟아오른 유두를 희롱했다.

"으응…… 으…… 으흥……"

몸을 빼려고 했지만 왕 선생님의 단단한 팔뚝은 날 놔주지 않았다. 부드러운 입술이 숨도 쉴 수 없을 만큼 내 입술을 꽉 틀어막았다.

"크…… 흐읍……. 으, 으읍……!"

왕 선생님의 손가락이 유두를 꽉 쥐자 등줄기를 타고 전율이 퍼졌다.

"으읍……! 하아…… 아아……!"

물기 어린 소리를 내며 왕 선생님이 입술을 뗐다.

나는 크게 숨을 내쉬며 왕 선생님의 가슴에 매달렸다.

짓궂은 손가락은 아직도 내 가슴을 희롱하고 있었다.

"아…… 아학……! 아아…… 아……"

온몸의 세포가 마비된 것 같이 저릿한 감각이 아랫도리까지 퍼져 나갔다.

"아름다운 가슴이에요……. 반응이 좋군요. 유두의 색깔이나 탄력도 더할 나위 없이 좋아요…….”

지, 지금 뭘 확인하는 거야……?

그러다가 깨달았다.

나 지금 진찰을 받으러 왔었지, 참. 그런데 왜 이 잘생긴 선생님과 침대에서 이런 일을 하고 있는 거지……?

“이게 진찰이에요.”

왕 선생님은 예리한 눈빛으로 좌우의 가슴을 찬찬히 확인했다.

하지만 난 아까부터 느끼고 있었다. 내 허벅지 사이를 압박하는 뜨거운 물건…….

왕 선생님도 내 몸을 보고 흥분하고 있어…….

“레이코 씨…….”

달콤한 속삭임이 귓가를 울렸다. 왕 선생님은 입술로 내 귓불을 가볍게 물었다.

“아하……!”

“귀여운 목소리야……. 하지만 남자친구는 이제 그런 말 안 해주죠?”

갑작스러운 질문에 몸이 움츠러들었다.

뭐야, 갑자기…….

이 사람은 어떻게 그런 걸…….

“다 알아요.”

왕 선생님이 내 오른손을 잡아 자기 입가로 가지고 갔다. 그리고 약지에 끼워진 불가리 반지에 입술을 대고는 빙그레 웃었다.

"졸라서 받아낸 거예요?"

뭐……!

얼굴이 달아올랐다.

"아, 아니에요! 그 사람이 사준다고 해서……."

"정말?"

놀리듯 얼굴을 들이밀고 들여다보자 나도 모르게 눈을 피했다.

뭐…… 약간 부담을 주긴 했지만, 결코 틀린 말은 아니다.

"저, 정말이에요……."

"그렇군요."

내 손을 잡은 왕 선생님의 손에 힘이 꽉 들어갔다.

"그럼 왜 이렇게 차갑게 식은 거죠?"

손가락도, 다리도, 몸도, 그리고 마음까지.

뭐지?

대체 뭘 알고 있는 거지?

가슴까지 파고들 듯한 눈빛을 외면하는 내게 왕 선생님은 희미하게 미소 지었다. 그리고는 갑자기 내 몸 위로 덮쳐 왔다.

커튼 틈으로 들어오는 얇은 빛이 왕 선생님의 뺨을 눈부시게 스치고 있었다.

아직 해가 높이 뜬 토요일. 초겨울날 오후.

그 사람은 지금 어디서 뭘 하고 있을까. 내가 다른 남자한테 안겨 있는 것도 모르고…….

내 굳은 표정을 봤는지 왕 선생님이 조심스레 물어왔다.

당신을 여자로 만들어드립니다
왕선생의 치료실

"화났어요······?"

글쎄······ 잘 모르겠어요······.

"여길 봐요."

시키는 대로 왕 선생님을 향해 얼굴을 돌렸다.

하지만 눈을 들 수는 없었다······.

그 사람은, 왜······.

이 사람은, 어째서······.

"눈을 감아요."

낮은 목소리가 시키는 대로 어둠 속으로 들어갔다.

눈을 감은 내 눈꺼풀에 또 다시 입술이 닿고, 혀끝이 닿을 듯 말 듯 섬세한 동작으로 가만히 속눈썹을 어루만졌다.

"아······."

······기분 좋아.

손가락이 온몸의 맥을 짚는 것처럼 혈관을 쓰다듬었다.

입술이 목덜미, 가슴의 부드러운 둔덕, 배의 보드라운 살을 간질였다.

찔리면 목숨을 잃을 것 같은 곳만 골라서.

"아아······ 선생님······."

애타는 애무가 보이지 않는 실이 되어 날 침대에 꽉 옭아맸다.

입술이 점점 우거진 수풀로 향하자 땀이 비질 배어나왔다.

이건 섹스······?

아니야, 이런 느낌이 아니야.

그럼, 진찰······? 하지만······.

왕 선생님은 피부 어느 한구석도 남기지 않고 꼼꼼하게 핥아 내리고, 발가락까지 뜨거운 입속에 머금었다.

이를 꽉 물고 소리를 죽인 채 참는 나에게 왕 선생님이 조용히 명령했다.

"…다리를 벌려요, 레이코 씨."

아아…… 윽……!

심장이 튀어나올 정도로 쿵쾅거리기 시작했다. 나는 머뭇머뭇 무릎을 세웠다.

그리고 살짝 벌려봤다.

보일 듯 말 듯 아주 약간만.

"레이코."

…꾸짖음이 섞인 목소리.

"뭐하고 있어. 좀 더."

"네……."

무방비 상태의 모습으로,

나는 수치심에 얼굴을 붉히며 시트를 꼭 잡았다.

하지만 마음을 다잡고 다리를 펼쳐 봤다.

공작이 날개를 펼치듯이 천천히, 넓게.

"…아름다운 모습이야."

어째서 그런 말을 하는 거야?

맑은 눈으로 부드럽게 미소 짓고 있었으면서.

마치 아빠처럼…… 날 걱정했으면서…….

"혼자서 해봐."

그런……!

당황스러웠다.

왕 선생님은 의미심장한 눈빛으로 웃었다.

"항상 혼자 하잖아?"

"아……!"

어떻게 알고 있는 건지, 그것조차도 의문으로 떠올리지 못할 만큼 혼란스럽다.

"자, 하던 대로 해봐."

못 해, 그런 거……!

외설스럽게 다리를 벌린 채로 눈을 꼭 감고 고개를 돌린 내게, 왕 선생님이 언성을 높였다.

"못 해?"

못 해…….

"내숭은."

왕 선생님의 손이 내 양쪽 무릎을 잡았다. 그리고 힘을 줘 위로 들쳐 올렸다.

"이렇게 젖어 놓고."

마치 뭉개진 개구리처럼 흉한 모습.

꽃잎이 있는 대로 젖혀져서 안쪽의 붉은 속살까지 드러났을 것 같았다.

"싫어……."

작게 고개를 흔들었지만 왕 선생님은 내 몸 위로 덮쳐왔다.

"히익……! 으으……."

놀라우리만치 커다란 왕 선생님의 그것이 내 깊은 동굴 입구에 닿았다.

안 돼……! 안 들어가……!

머리를 세차게 가로저으며 소리 없는 비명을 질렀지만 왕 선생님은 가차 없이 내 동굴 속으로 파고들었다.

"아윽…… 아……! 아, 안 돼……!"

아직 열리지 않은 그곳은 포악한 침입자를 거부하는 것처럼 완고하게 왕 선생님의 분신을 밀어내고 있었다.

"선생님……! 아악……!"

아직……! 좀 더 익숙해질 때까지 기다렸다가……!

그렇게 생각할 때였다.

"아…… 아, 아아악……!"

왕 선생님의 분신이 갑자기 각도를 바꾸고 갈라진 계곡 사이를 쪼개며 안으로 밀려 들어왔다.

"아, 안 돼……! 아, 아아아……!"

꽉 눌린 가랑이 사이로 단단한 기둥이 안까지 깊이 들어오자 비명이 터져 나왔다.

억지로 열려서 놀란 동굴 벽이 이상하게 꿈틀거리기 시작했다.

몸을 비틀면서 도망치려고 하는 나를 비웃듯, 왕 선생님은 두 번 세 번 연달아 허리를 놀렸다.

"흐아아아……! 아악……! 아아악……!"

길게 휜 불기둥이 머리를 흔들며 몸속을 휘저었다.

내 은밀한 동굴을 거리낌 없이 드나들고, 내 주름 사이로 몸통을 비벼댔다…….

"쓸 만한 몸이군."

만족에 겨운 목소리가 깊이 울렸다. 난 그저 몽롱해져서 시트를 부여잡고 격렬한 삽입을 견디고 있었다.

내가 대체 왜 이런 일을…….

괴로워, 이제 그만……!

그만해 줘……! 하지만…….

고문과 쾌락을 넘나들며 아랫도리를 뒤흔드는 감각에 발 끝까지 저릿저릿했다.

"아아……! 흐아악……! 서, 선생님! 그만…… 그, 그 만……!"

몸부림치며 울부짖는 나를, 왕 선생님은 숨 하나 흐트러뜨 리지 않고 내려다봤다.

"이건, 진찰이에요. 레이코 씨."

『왕 선생의 치료실』 하권에 계속…

나가오카 모모시로(長岡桃白)
국제한의학약선사 / 감수

작품 속에 등장하는 한약재의 효능은 개인차가 있을 수 있습니다. 한방약을 복용할 때는 반드시 전문가와 상담을 거치기 바랍니다.

애절함과 자극이 있는 사랑의 여러 가지 형태.
국내 첫 전자책 관능로맨스 레이블

매월 15일, 각종 전자책 사이트에서 발간!

금단의 사랑
형의 여자

나이토 미카 글 | 사에키 포테리 그림

김채환 옮김

아침 햇살에 눈이 부셔 잠에서 깨,
가장 처음 본 것은 사랑하는 연인
유우토(悠人)의 얼굴.
연인과의 행복한 주말이 영원히
계속될 줄 알았던 히나타 앞에 돌연,
시골에서 올라온 그의 동생 쇼타(翔太)가 나타난다.
배우를 꿈꾸며, 대뜸 형과 함께 살겠다고 선언하는 쇼타.
평화로웠던 연인의 관계에 약간의 방해라고 생각했는데, 시간이 지날수록 쇼타는
히나타에게 흥미를 보이며 히나타와 유우토 사이에 파란을 일으키려 하는데……

일본 최대 전자책 사이트 〈코믹 시모아〉 TL 부문 1위 작품!
모바일 소설계의 여제, 나이토 미카 작품 첫 한국 단행본 출간!

아인

아인-핀 프리미엄 시리즈
엄선된 관능로맨스 작품이 매월 10일 단행본 발간!

애절함과 자극이 있는 사랑의 여러 가지 형태.
국내 첫 전자책 관능로맨스 레이블

아인 AIN **Fin** for Female Suzi Novel

매월 15일, 각종 전자책 사이트에서 발간!

형의 여자
금단의 사랑

왕 선생의 치료실
당신을 여자로 만들어 드립니다

꽃미남 구르메
두근두근 먹거리 기행

아가씨 메뉴얼
S계 집사의 아가씨 교육법

아인-핀 프리미엄 시리즈   엄선된 관능로맨스 작품이 매월 10일 단행본 발간!